Pelo equilíbrio em KHOM

Catalogação na Fonte
Elaborado por: Dayanne Leal Souza
Bibliotecária CRB 9/2162

R788p
2025

Rosalém, Cyrano
Pelo equilíbrio em KHOM / Cyrano Rosalém. – 1. ed. – Curitiba: Appris, 2025.
180 p. ; 23 cm.

ISBN 978-65-250-7503-7

1. Aventura. 2. Heroico. 3. Outro mundo. I. Rosalém, Cyrano. II. Título.

CDD – 800

Editora e Livraria Appris Ltda.
Av. Manoel Ribas, 2265 – Mercês
Curitiba/PR – CEP: 80810-002
Tel. (41) 3156 - 4731
www.editoraappris.com.br

Printed in Brazil
Impresso no Brasil

Cyrano Rosalém

Pelo equilíbrio em KHOM

Curitiba, PR
2025

FICHA TÉCNICA

EDITORIAL	Augusto V. de A. Coelho Sara C. de Andrade Coelho
COMITÊ EDITORIAL	Ana El Achkar (Universo/RJ) Andréa Barbosa Gouveia (UFPR) Jacques de Lima Ferreira (UNOESC) Marília Andrade Torales Campos (UFPR) Patrícia L. Torres (PUCPR) Roberta Ecleide Kelly (NEPE) Toni Reis (UP)
CONSULTORES	Luiz Carlos Oliveira Maria Tereza R. Pahl Marli C. de Andrade
SUPERVISORA EDITORIAL	Renata C. Lopes
PRODUÇÃO EDITORIAL	Bruna Holmen
REVISÃO	José A. Ramos Junior
DIAGRAMAÇÃO	Bruno Ferreira Nascimento
CAPA	Mariana Brito
REVISÃO DE PROVA	William Rodrigues

Era uma névoa muito densa. Ao acordar, Nirkis não sabia ao certo onde estava. Sentia um chão sólido, como pedra. Frio. Percebeu que estava nu. Ao seu redor não se distinguia nada. Só o branco da neblina. Silêncio. Nirkis levantou-se para sentir que ainda tinha pernas. Seu corpo estava perfeito. Lembrava-se apenas do clarão e, depois, do escuro. Uma sensação de abismo. Havia duas névoas. A outra era dentro da sua cabeça.

Como nada se movia, decidiu andar. Mas em que direção? Algo o atraía para a direita. Começou a tatear o chão e deu alguns passos. Continuava sólido. Seguiu caminhando devagar enquanto tentava lembrar-se de alguma coisa. Mas era como se tivesse nascido ali, com aquela forma de rapaz em fim de adolescência. Olhou para suas mãos: finas. Obviamente nunca trabalhara pesado nas minas. Minas? A palavra veio num estalo. Mas que minas? De onde veio essa informação? Parou e tentou lembrar-se de algo mais. Nada. Recomeçou a andar. À sua passagem a neblina criava pequenos redemoinhos, e logo tudo voltava ao estático. Ao nada. Pensou que um lugar como aquele seria impossível na realidade, que deveria ser um sonho. Foi quando viu algo. Parou. À sua frente uma forma escura e pequena parecia se mover. Observou um pouco e deu um passo. Já a distinguia mais nítida. A coisa parecia flutuar. Aproximou-se até chegar a um metro. Incrível! Era um cubo negro flutuando à altura do seu peito. Girava sobre seu próprio eixo. Deveria ter, no máximo, uns quinze centímetros de lado. Lembrou-se dos cálculos de circunvolução de sólidos no espaço. Mas quando aprendera isso? Outra informação vinda do nada. Caminhou ao redor do cubo. Passou por baixo. Impassível, o cubo continuava girando. Nirkis decidiu falar:

— Abro.

Abro? Por que dissera aquilo?

O cubo parou, ficando com seus lados alinhados nos eixos vertical e horizontal. Nirkis decidiu tocá-lo. Aproximou sua mão do cubo. Quando chegou a poucos centímetros, o cubo avermelhou-se. Nirkis recolheu a mão. O cubo voltou a ficar preto. Repetiu a operação. O cubo reagiu igual. Nirkis pensou na palavra que saiu espontaneamente e resolveu tentar de novo:

— Abro.

Nada aconteceu.

— Abro! — repetiu mais forte.

Nada.

Deveria dizer outra coisa. Decidiu dar uma ordem. Diria "leve-me ao seu líder". Achou graça da própria ideia e riu. O lado do cubo que estava voltado para ele tornou-se branco. Nirkis assustou-se. Aproximou sua mão do lado branco quase até tocá-lo. O cubo agora não se modificou. Nirkis então tentou tocar esse lado, mas, para sua surpresa, seus dedos penetraram no cubo e sumiram. Não sentia dor nem modificação de temperatura. Era como se os dedos estivessem em outra dimensão, mas ainda ligados ao seu corpo. Lá dentro não havia nada. Retirou a mão. Normal. Colocou de novo, agora enfiando o braço até o cotovelo. Fantástico! Aquele cubo era infinito por dentro. Retirou o braço. Imaginou que, se pudesse pôr a cabeça, poderia tentar ver lá dentro. Se é que havia algo lá. Mas sua cabeça não cabia. Irritou-se, e de sua boca saiu uma exclamação:

— Tamanho.

Tamanho? Outra palavra vinda do nada.

— Mas o que é que está acontecendo comigo?

Em uma fração de segundo o cubo ampliou-se. Agora cada lado tinha mais do que sua altura. Nirkis caiu sentado de susto. Após recuperar-se, percebeu que o cubo permanecia inalterado, a não ser pelo tamanho. Sua base agora se apoiava no chão. Levantou-se e tomou coragem para olhar lá dentro. Após um segundo de hesitação, enfiou a cabeça.

O que viu deixou-o tonto.

O pequeno Molinar nunca gostou daquele ambiente. A sala de treinamento para armas adaptáveis deixava-o deprimido. Mas tinha sido designado para o aprendizado de lâminas retráteis, e resignou-se. Tentaria ser o mais eficiente possível para acabar logo com aquilo. Molinar preferia o desenvolvimento dos poderes mentais. Seu maior prazer era passar horas com o velho Ti, mago ancião da sua aldeia. Molinar já era capaz de movimentar grandes objetos e multiplicar sua imagem três vezes. Estava mais avançado do que os da sua idade nessa área. Com apenas cento e doze anos já era um mestre no oculto. Mas detestava armas. E lá estava ele tentando decepar a cabeça de um boneco com as lâminas enquanto flutuava de cabeça para baixo. A um comando do instrutor o boneco ganhou vida e atacou Molinar, mas este imediatamente mudou sua cor de verde para o cinza das paredes de pedra da sala. O boneco confundiu-se e parou. Foi o tempo suficiente para Molinar inverter sua posição e, com um movimento de braços, trançar as lâminas no pescoço do boneco, que caiu inerte. Voltando ao chão, Molinar recebeu elogios do instrutor, um grotar de tamanho quatro vezes maior do que o seu. Essa tribo de lutadores sempre era usada na formação dos pequenos e médios magos. Após as batalhas de Niar, eles tornaram-se aliados e ofereceram seus serviços em troca de um pouco de conhecimento mágico. Um bom negócio para todos.

Após retirar o suporte das lâminas, Molinar dirigiu-se para a sua cabana. Queria terminar o manto que estava fazendo para sua consagração. Decidira que seria branco, assim como a roupa que já usava. Dispensaria armadura, deixando clara a sua intenção não belicista. No caminho sentiu um chamado mental. Vinha de perto. Era quase hora do grande alimento, e os três sóis de Khom esquentavam seu corpo. Identificou a direção do chamado e tentou telepatia de retorno. Mas o sinal não se modificou. Caminhou então em direção ao templo, localizado no centro de sua aldeia, Pen-Khom, curioso para saber o motivo do chamado àquela hora quente do dia. Normalmente os iodrás do templo meditavam antes do grande alimento. Na porta foi recebido por um assento flutuante, no qual se acomodou. Foi levado para uma sala ao lado da nave principal. Lá estavam vários iodrás, inclusive Oot, seu mentor. Foi ele quem falou:

— Molinar, estamos às vésperas de um problema. Sentimos um desequilíbrio nos cristais de alimentação. Pode ser um elemental estranho que entrou na área de mineração. Mas não temos certeza, pois há um bloqueio em nossas ondas naquela direção. Mandamos uma patrulha de grotars, mas ela não voltou. Decidimos então apressar sua consagração. O aprendizado final que lhe dará o direito de tornar-se médio mago será limpar aquela área de qualquer invasor e restabelecer o equilíbrio dos cristais.

Se Molinar não fosse verde, teria ficado pálido.

— Por que eu?

Foi tudo o que conseguiu dizer.

— Porque você é o melhor aluno em poderes mentais, porque não queremos alarmar a aldeia enviando um mago adulto, e porque contra elementais muito pouco adiantam armas físicas.

— E se não for um elemental?

— Sua intuição lhe dirá o que fazer.

Os argumentos eram irrefutáveis. Além disso, era uma chance de ouro que lhe davam.

— Irei sozinho?

— Não. Receberá um cavalo e uma esfera, além de provisões para

cinco dias. E você poderá levar as poções que tiver preparado.

— Qual é o poder dessa esfera?

— Você saberá na hora.

— E quando devo partir?

— Amanhã, ao amanhecer.

Todos os iodrás se levantaram, indicando que a reunião terminara.

Mais tarde, preparando uma refeição em sua cabana, Molinar pensou na importância da sua missão. Não havia meio-termo: ou limpava a área de mineração para que a extração de cristais continuasse ou provavelmente não voltaria. Se conseguisse, seria consagrado, e poderia realizar sua primeira ambição: ser admitido na confraria dos magos brancos, com o dever de pesquisar e proteger o país de Khom.

Sentiu que seria difícil dormir tranquilo naquela noite.

♏

Com a cabeça e metade do corpo enfiado dentro do cubo, Nirkis não acreditava no que via: simplesmente não era "lá dentro", era "lá fora". Estava em um campo aberto, gramado, e ao seu redor imensos paquidermes pastavam. Lembravam bisões, mas eram do tamanho de uma casa e prateados, além de terem seis patas. Voltou para dentro do cubo. Ou para fora, já não sabia mais. Estava de novo na neblina com a parede branca do cubo à sua frente. Tentou entender o que estava acontecendo, mas não conseguiu. Refletiu que, apesar de estranho, o outro lado era mais vivo. Transferiu-se novamente, agora com o corpo todo. Lá estavam os bisões pastando. Voltou-se e viu que saíra de um cubo igual ao outro. Ou seria o mesmo?

Como o ambiente era tranquilo e não havia ninguém por perto, exceto os bisões, decidiu explorar o cubo do mesmo modo que fez antes. "Se funcionou lá, deve funcionar aqui", pensou. Resolveu dizer a palavra "tamanho" para ver o quanto o cubo cresceria. Afastou-se.

— Tamanho.

Nada.

Procurou outra palavra.

— Padrão.

Instantaneamente o cubo diminuiu para o tamanho de um dado, ficou todo preto e flutuando. Nirkis começou a entender como aquilo funcionava. Parecia que sempre a próxima palavra funcionava como ordem. Tentou de novo.

— Possível toque.

O cubo ficou cinza. Nirkis tocou-o. Sem problemas. Só que estava fixo no espaço. Por mais que se esforçasse, não conseguiu movê-lo.

"Já sei", pensou.

— Padrão transporte.

O cubo transformou-se numa plaqueta quadrada, chata, manteve a cor cinza e caiu no chão. Nirkis apanhou-a. Parecia ser de metal, muito resistente, mas leve. Teve a intenção de guardá-la no bolso, mas lembrou-se de que estava nu. Olhou ao redor, buscando indícios de civilização, mas só viu uma fumaça ao longe. Ela subia por detrás de um morro e perdia-se por entre os sóis. Os sóis?! Só agora percebera que, no céu, três sóis brilhavam formando um triângulo perfeito. Azuis. Idênticos. "Deve ser bem quente no verão", pensou. Lembrou-se de que a fumaça poderia ser de uma casa ou aldeia, e resolveu caminhar na sua direção. Mas parecia ser longe. Calculou que levaria quase o dia todo. "Preciso de ajuda por aqui, até chegar lá morro de fome", pensou. Nisso, o bisão mais próximo levantou a cabeça e olhou diretamente para Nirkis. Arrancando, galopou em sua direção. Nirkis saiu correndo. Apesar do tamanho, o bisão era rápido, e Nirkis não tinha onde se esconder, o pasto estendia-se por quilômetros. Acelerou a corrida, mas o paquiderme ficava cada vez mais próximo. Após poucos minutos estava a dez metros dele. Nirkis já estava sem fôlego. Olhou para trás e viu aquela montanha de carne quase o alcançando. Nirkis tropeçou e caiu rolando. Quando parou, encolheu-se e fechou os olhos, prevendo o esmagamento. Mas o que ouviu foi o gigante também parando. Por um instante não teve coragem de se mexer. Aí abriu um olho. O bisão ao seu lado observava-o. Aos poucos Nirkis foi se desencolhendo até sentar. Seu corpo era pouco maior do que a orelha do bisão, e ele sentia-se à mercê da vontade do animal. Levantou-se devagar. Nesse momento, o bisão deitou-se de lado no chão. Nirkis não acreditava, mas o bisão estava oferecendo-se para ser cavalgado. Então ele atendera ao pedido de ajuda. "Mas como? Um bisão telepata?! Este é um lugar muito estranho", pensou. Lembrou-se da plaqueta de metal, ex-cubo. Com o nervoso, apertara-a tanto que quase machucara os dedos. Desconfiado, subiu no animal, que, sentindo seu cavaleiro acomodado, levantou-se, virou e caminhou em direção à fumaça. Nirkis sentiu-se grande e poderoso lá em cima. Um tipo de poder que já sentira antes. Mas diferente.

Onde?

Talvez a fumaça ao longe o ajudasse a descobrir.

❑

A flecha passou raspando seu ombro esquerdo e foi cravar-se numa árvore logo adiante. Votorus saltou do unicórnio já com a espada desembainhada. Notou que a árvore atingida pela flecha começava a derreter. Voltou-se tentando identificar a origem do ataque, mas nada se movia no bosque. Apenas aquele silêncio enervante que sempre antecede o segundo disparo. O unicórnio, ciente do perigo, tornara-se invisível. Experiente, Votorus protegeu-se com o escudo prateado, no centro do qual havia um rubi encravado. Em meio aquele verde do bosque, sua figura era imponente. Usava uma armadura de escamas prateada como o escudo e, no peito, a imagem de uma pirâmide azul.

Lentamente, Votorus olhou em todas as direções, e sua atenção fixou-se na copa de uma árvore. Havia algo estranho lá. Uma leve brisa agitava as folhas ao redor. Mas as daquela árvore permaneciam paradas. Quase imperceptível, Votorus abaixou a viseira de seu elmo. Através da lente implantada por dentro, ele pôde aproximar sua visão para poucos metros da copa daquela árvore. Distinguiu um pequeno ser empenhado em embeber uma flecha num líquido que escorria da sua boca. Em suas mãos havia uma balestra, arma cuja precisão era superior ao arco. Compreendendo a situação, com calma, Votorus embainhou a espada e retirou uma das escamas do lado de sua armadura. Num movimento rápido e preciso atirou a escama no tronco da árvore em que se achava o pequeno ser. A escama foi cravar-se bem na base, quase na raiz. Um urro formidável foi ouvido, e a árvore transformou-se numa forma viva de vegetoide, desabando em seguida. Com a queda, o pequeno ser foi arremessado para a frente, bem na direção de Votorus, perdendo no voo a balestra e as flechas. No chão, antes de entender o que havia acontecido, o pequeno ser sentiu a lâmina da espada de Votorus encostando em sua garganta. Era um prinis, claro. Esse ladrãozinho da floresta sempre anda com o gigante vegetal clor. Um caça e o outro protege. Subseres de mentalidades tacanhas e primitivas. O prinis abriu os olhos amarelos e encarou Votorus com raiva. No entanto, antes que o guerreiro pudesse fazer alguma coisa, o prinis escancarou a boca deixando à mostra seus dentes afiados e cravou-os nos próprios lábios, injetando veneno em si próprio. Em poucos segundos contorceu-se de dor e começou a derreter, num espetáculo mórbido e asqueroso. Em um minuto não era mais do que uma forma incerta fumegando no chão. Eles nunca se deixam apanhar vivos. Já o gigante clor gemia a alguns metros dali. Votorus foi até ele. Sua forma era meio animal, meio vegetal, com raízes de carne que se moviam independentes. Do local onde se cravara a escama escorria um líquido verde-escuro. Esse monstro não tinha olhos, mas um olfato sensibilíssimo por meio de suas folhas. Sentiu o cheiro do guerreiro e aquietou-se, adivinhando suas intenções. Votorus parou ao seu lado e, após um segundo de imobilidade, levantou sua espada, que se tornou um feixe de luz azul. Com um movimento dividiu o monstro em dois. Não havia nada a fazer. Se deixasse o clor vivo, ele se reproduziria, sobrevivendo. E era preciso combater aquela praga das florestas.

A um chamado mental o unicórnio reapareceu e Votorus pôde retomar o seu caminho. Pensava em encontrar-se com sua família ainda naquele dia, pois havia cumprido seu dever anual de prestar obediência ao seu líder, o cavaleiro Vitir, prefeito da cidade de Uni-Khom, capital do país de Khom. Havia deixado sua casa há uma semana, e sonhava com a boa comida de suas esposas.

Mal imaginava que a alguns metros dali um estranho fato iria mudar seus planos.

Molinar levantou-se com os sóis. Tudo estava pronto e, após o alimento rápido, preparou-se para partir. À sua porta havia um cavalo branco, não muito grande, e ao seu lado, Oot. Por um momento, Molinar e seu mentor iodrá fixaram-se nos olhos, cada qual buscando o mais íntimo do outro. O que se sente em um momento como esse? Talvez fosse a última vez que se vissem. Não havia laços familiares entre eles, mas o que sentiam um pelo outro grau nenhum de parentesco poderia dar. Os seres devem viver em tribo.

Molinar respirou para falar. Foi impedido por Oot.

— Não, Molinar, sem despedidas melancólicas. Uma missão faz parte do nosso trabalho. Só lamento não poder ir também.

— Compreendo.

— Aqui está a esfera.

Da túnica, Oot retirou uma esfera branca, pouco maior do que um ovo de galinha. Estendeu-a na palma da mão. Molinar apanhou-a. Era leve. Não conseguiu identificar o material.

— De que é feita?

— De várias coisas. Um dia saberá fazer uma. O importante agora é entrar em sintonia com ela. Você deverá fazê-lo enquanto viaja, assim o tempo passará mais rápido. Lembre-se apenas que, após vocês tornarem-se UM, ela obedecerá às suas ordens. Então, cuidado ao pensar.

— Terei, mentor.

— Mais uma coisa: se o problema nas minas for mesmo um elemental, cuidado, ele sempre está a serviço de alguém.

— Mentor, mas se...

— Agora, vá.

Após um instante de silêncio, Molinar montou em seu cavalo. Sem se voltar, dirigiu-se para a saída oeste. Sentia o cavalo pesaroso, como se soubesse o que iriam enfrentar. "Um cavalo preparado pelos iodrás", refletiu, "talvez seja mais sábio do que eu".

Ao ultrapassar as últimas cabanas, Molinar virou à esquerda e entrou no bosque de Tegalfa, seguindo para o sul. A trilha que escolhera era estreita, mas reta, o que permitiria uma visão mais distante.

Sozinho e com aquela missão, o que Molinar menos queria era um encontro desagradável no bosque.

⌘

Pelos ladrilhos escorregadios da parede lateral do armazém, Rast subia em direção à seteira, localizada perto do telhado. Utilizava as rachaduras e todos os vãos em que pudesse cravar suas garras artificiais de metal. Havia encaixado em suas botas algumas ventosas de polvo, o que lhe permitia sustentar-se enquanto procurava novos pontos de apoio para as garras. No escuro, seu manto cinza tornava-o parte daquela parede desbotada. Conseguia mover-se quase sem ruído, apesar da parafernália que carregava dentro do manto. Eram adagas, estrelas, pequenos frascos e vários aparelhos inventados por ele próprio. Era um mestre na arte de roubar, e criara um instrumental específico para esse fim. Costumava dizer que "seu trabalho era aliviar os homens de seus excessos".

Ao chegar à seteira olhou para baixo: estava a mais de vinte metros do solo. Mesmo assim resolveu que, se tudo desse certo, sairia do mesmo modo como entrara. Olhou para dentro. Na penumbra vislumbrou um guarda dormindo. Ao seu lado uma vela quase se extinguia. Encostada ao seu peito, uma balestra desarmada. Rast guardou as garras e as ventosas e, em silêncio, entrou. Tirou do manto uma caixinha em que havia algumas pétalas. Prendendo a respiração, aproximou uma pétala da chama da vela. Logo um fio de fumaça amarelada subiu, chegando até o guarda que, após duas aspirações, tombou para o lado. "Menos um", pensou Rast.

Tateando, achou a porta de acesso à escada, por onde desceu. Não havia muita luz, mas Rast enxergava muito bem no escuro. Aprendera essa e outras habilidades com o famoso ladrão Muf, antes de este ser preso e enforcado. Acidentes da profissão.

Ao pé da escada havia uma saleta com uma mesa, algumas cadeiras e duas portas ao fundo. Sobre a mesa, restos de uma refeição. As duas portas eram iguais. Uma deveria ser o dormitório dos guardas. A outra, a passagem para a administração. Mas qual era qual? Abaixando-se, Rast sentiu uma leve corrente de vento por baixo da porta da direita. "É esta", pensou. Tentou girar a maçaneta. Trancada. Retirou do manto uma varetinha de madeira e um tecido duro. Enfiou o tecido por baixo da porta e cutucou a fechadura até a chave cair do outro lado. Rast puxou o tecido trazendo a chave e abriu a porta. Seguiu por uma passagem que levava a um corredor com várias outras portas. Mas ele sabia que só a última, na extremidade, lhe interessava. Dirigiu-se para ela, não sem perceber alguns roncos ecoando pelas portas. "Humanos", reconheceu. E isso o deixava mais tranquilo. Os humanos dormem pesado. Se fossem ogros, que quase não dormem, deveria ter o dobro de cautela, ou até desistir. Quando estava quase na porta, estacou. Sua intuição o avisava de algo. Olhou ao redor, mas só havia paredes de pedra. Chão e teto também. "Será que tem magia aqui?", perguntou-se, sabendo que naquele armazém afastado da aldeia tudo era possível. Decidiu tatear o chão. Nada. A parede da direita. Nada. A da esquerda. Nada. Só restava o teto, mas estava a mais de dois metros e meio, e Rast só tinha um e sessenta. Optou por tentar diretamente a porta. Mas como? Lembrou-se das lições de Muf: "Antes de entrar, se possível, olhar". Retirou um pequeno estojo e o abriu, revelando vários espelhinhos ligados por dobradiças. Esticado, o conjunto tinha a espessura de uma folha de papiro. Introduziu os espelhos por baixo da porta, mas surpresa! Eles bateram em algo sólido logo atrás dela. Rast abaixou-se e verificou. "Uma parede de pedra por trás da porta. Então é falsa", pensou. Mas onde estaria a porta verdadeira? Claro, no teto. Se tivesse tentado abrir a falsa porta provavelmente dispararia algum alarme. "Obrigado, Muf", agradeceu. Recolocou as garras e as ventosas e escalou a parede da direita. Ao chegar ao teto colocou ventosas também nas mãos e seguiu em frente. No centro havia uma pedra mais saltada do que as outras. Empurrou. Por cima da falsa porta abriu-se uma passagem. Era estreita, mas isso não era problema para ele, que tinha o treino de um contorcionista. Entrou pela abertura. O escuro era total. Teve que acender uma vela. Quando a chama brilhou, deu com dois olhos fixos nos seus. Sua reação foi instintiva: com um pequeno grito de susto retirou um punhal do manto e o atirou. Foi cravar-se na testa de uma coruja que estava em um poleiro. Caiu morta. Refazendo-se, Rast pôde observar o ambiente. Era uma saleta onde havia uma cadeira e uma mesa, sobre a qual estava um baú com um enorme cadeado.

— É esta.

— Não, é esta aqui.

— Absolutamente! Olhe o caule: é marrom, como as raízes.

— O caule deve ser verde, como este.

— Marrom.

— Verde.

— Você já está velho, confunde tudo.

— Melhor que você, que nunca entendeu de nada.

— Então cada um apanha o seu, e vamos ver qual funciona.

Era sempre assim. Bião e Tiar discordavam nos mínimos detalhes. Principalmente depois de velhos. Morando juntos em um enorme tronco oco, brigavam todo o tempo. Mas não se largavam. Eram os alquimistas mais conhecidos daquela região. Também eram tradutores, sendo constantemente requisitados para decifrar papiros e inscrições. Nunca aceitavam pagamento, a não ser vinho, que bebiam com mel. Esse procedimento os mantinha independentes, livres e patrões de si próprios.

Terminada a coleta diária de ervas e raízes, voltavam para o seu tronco. Iam discutindo a elaboração de um novo gás, extraído do pântano, que permitiria manter uma chama acesa durante muito tempo com pouquíssimo consumo. É claro que divergiam sobre o conteúdo da fórmula.

Ao passarem pela pedra oca, ouviram o som abafado de uma explosão subterrânea.

— Parece que vem das minas — disse Tiar.

— Sem dúvida — respondeu Bião.

Surpresos por concordarem, permaneceram atentos por um tempo, mas nada mais se ouviu.

— Eles nunca explodiram antes. Acho que nem conhecem essa mistura.

— Conhecem, sim. Não se lembra da invasão à fortaleza de Tur? Eles aprenderam com os turquianos.

— Aquilo não era pólvora, era magia.

— Você perdeu a memória.

— Você é que confunde as histórias.

Nova explosão. Um pouco mais fraca. Colaram os ouvidos na pedra. Aquele bloco havia sido colocado ali há muito tempo para tapar uma entrada natural que, por acaso, ia dar em uma das minas secundárias. Como foi consenso que os cristais deveriam ter sua extração controlada para evitar desequilíbrios, todas as entradas foram tapadas por blocos de pedra como aquele, exceto a principal, que era guardada por grotars a serviço dos iodrás de Pen-Khom. Dentro das minas trabalhavam alguns dos iodrás, auxiliados por mirrirs, pequeninos seres que escavavam muito bem e se comunicavam telepaticamente com as pedras, garantindo assim somente a extração dos cristais permitidos. Um pequeno universo em equilíbrio.

— Não estou gostando disso — desconfiou Bião.

— Vamos para casa. Lá poderemos procurar informações no espelho etéreo.

Retomaram o seu caminho.

Já haviam saído da floresta fechada. Agora, era o bosque com árvores esparsas à beira das grandes pastagens do sul.

Bião parou de repente e gritou:

— Olhe, olhe! O que é aquilo?

— O que? Onde?

— Venha, vamos nos esconder.

Ocultaram-se nas raízes de um imenso carvalho. Ao longe via-se uma cena insólita: um poenor, com sua couraça prateada, montado por um rapaz magro, loiro e completamente nu. Parecia um inseto amarelo pousado em uma montanha. E vinha em sua direção. Se a situação fosse outra, a reação natural dos alquimistas seria correr. Mas Bião e Tiar eram curiosos demais.

E ali ficaram esperando a aproximação do estranho conjunto.

✠

Observando o cadeado mais de perto, Rast percebeu a ausência de buraco para chave. "Tem tranca de mago aqui", pensou. E aí a coisa ficava difícil porque contra magia, só uma magia mais forte. Que tipo de comando abriria aquilo?

O cadeado se interpunha entre o ladrão e o tesouro como uma fronteira vigiada por guardas invisíveis.

Rast sentiu um movimento atrás dele. Virou-se, mas não viu nada. Tudo continuava quieto. Mesmo a coruja, com o punhal cravado na testa, era parte daquela imobilidade. Sua intuição não costumava enganá-lo, e sentir algo pelas suas costas foi uma das primeiras... "Costas, é claro!", imaginou Rast, "a gente fica mais indefeso pelas costas. O baú também". Rodeou a mesa e achou o que esperava: o baú tinha duas dobradiças, cujos pinos apareciam pelo lado de fora. Do manto, Rast retirou um martelinho e um prego. Encostando-o na extremidade do pino, foi martelando até este se soltar. Depois o outro. E o baú ficou livre para ser aberto ao contrário. Rast segurou a vela e, com a mão livre, levantou a tampa. Dentro havia papiros, algumas moedas de ouro e um outro bauzinho. Retirou os papiros. Eram apenas contas e mais contas. Parecia ser o controle do estoque. Somente um deles não continha números, mas um texto escrito numa linguagem incompreensível. Guardou-o, assim como as moedas. Sabia que, provavelmente, as joias estariam no bauzinho. Nesse momento sentiu outra vez um movimento na saleta. Levantou a cabeça e tudo parecia estar... A coruja sumira! "Hora de sair", decidiu. Apanhou o bauzinho. Debaixo dele havia um orifício, de onde começou a sair uma fumaça vermelha. "Gás", identificou. Prendendo a respiração, Rast guardou o pequeno baú no manto e saltou para a abertura na parede. Na penumbra do corredor divisou dois ogros arrastando um humano vestido de preto com um punhal cravado na testa. "Acertei o guardião", intuiu, "logo isto aqui vai virar uma festa". Recolocou as ventosas nas mãos e nas botas e saiu engatinhando pelo teto de cabeça para baixo. Tentava ser o mais rápido possível sem chamar muita atenção.

Os ogros entraram com o corpo por uma das portas, e logo um palavreado em uma língua ininteligível foi ouvido. Rast já chegava à porta que dava para a sala quando uma corneta soou. De quase todas as outras portas saíram ogros. Rast saltou para o chão e correu. Foi visto. Atravessou a porta e trancou-a com a chave, mas ainda teve tempo de distinguir no meio dos ogros um humano com um manto negro e um cajado na mão. Correu para a escada e, ao subir o terceiro degrau, viu um clarão iluminar a sala e a porta explodir, inundando o ambiente de fumaça. Rast nunca escalou uma escada com tanta rapidez. Atrás dele a gritaria era histérica, e algumas flechas já passavam sibilando. Chegando à sala da torre, encontrou ainda o guarda dormindo. Trancou a porta. De seu manto, tirou um pouco de resina e esfregou-a na roupa do guarda. Com algum esforço arrastou-o até a seteira e dependurou-o na amurada, enquanto os ogros já esmurravam a porta. Ateou fogo ao guarda e empurrou-o para fora. Na noite, o guarda caiu parecendo um meteoro incandescente. Rast saiu pela seteira e escalou o telhado do armazém. Ouviu nova explosão e imaginou que a porta já se fora. Realmente, as cabeças dos ogros apareceram na seteira, e sua atenção foi chamada para baixo, onde o guarda queimava no chão. Rast escondeu-se dentro de uma chaminé num dos cantos do telhado. A gritaria continuava, e várias luzes se acenderam. O ladrão estava satisfeito por ter enganado a todos.

Agora era esperar o momento certo para sair dali.

✠

Saindo do bosque, Votorus tinha à sua frente a grande extensão das pastagens do sul. Os sóis indicavam que o dia estava em seu final. À sua esquerda via uma tênue fumaça subindo por detrás dos morros. "Preciso me apressar ou não chegarei hoje", constatou. Resolveu galopar em campo aberto. Pelo bosque seria obrigado a um zigue-zague que o atrasaria. Sentindo a proximidade do lar, o unicórnio corria feliz, apesar da carga que levava; afinal, Votorus mais suas armas eram um peso considerável.

Com o olhar fixo no horizonte, ele cumpria uma reta em direção à fumaça. Principalmente porque, naquele ponto, o bosque desviava-se para a esquerda, fazendo uma suave curva. Entre o guerreiro e sua casa seriam então alguns quilômetros de pastos e dois pequenos morros. Notou que sua sombra projetava-se esticada para a direita. Com o ângulo baixo dos sóis, ela devia medir uns dez metros, e acompanhava as pequenas ondulações do terreno. Nesse momento Votorus ouviu outro galopar e sentiu atrás outra sombra, muitas vezes maior do que a sua. Freou o unicórnio e virou-se. A visão era estranha, mas engraçada, e não parecia apresentar perigo: sobre um poenor, um rapaz nu gesticulava tentando chamar sua atenção. Com calma, mas alerta, Votorus esperou a aproximação. Já se ouviam os gritos do rapaz. Parecia que berrava: "Como é que se para...". O guerreiro balançou a cabeça não entendendo muito bem. Cada vez mais perto, o poenor não mudou seu ritmo. Para ele era como se não houvesse ninguém na sua frente. Agora, os gritos já eram mais claros. Diziam: "Me ajude! Como é que se para esse animal?". Apontando a própria cabeça, Votorus dava a entender que bastava pensar e o poenor obedeceria. Mas o rapaz pareceu não compreender, pois o gigante continuou seu caminho obrigando o unicórnio a se afastar. Lá em cima o rapaz estava desesperado, e batia na cabeça do paquiderme, que parecia nem sentir. Sem encontrar outra alternativa, pulou. Mas sua destreza não era lá muito desenvolvida, pois veio esperneando até dar com as costas e a nuca no chão. Onde caiu, ficou, enquanto o poenor continuava como se nada tivesse acontecido. Votorus galopou até ele. Parecia desmaiado, enquanto um filete de sangue escorria do seu nariz. Apeando do unicórnio, examinou o rapaz. Nada parecia quebrado, e não havia nenhum corte visível. "Deve ter se machucado internamente", constatou. E agora, o que fazer? O rapaz ainda estava vivo, mas não podia levá-lo. Seria muito peso para o unicórnio já cansado. Por outro lado não poderia deixá-lo ali, à mercê de algum carnívoro ou de um espectro à procura de corpo. Ouviu um grito: "eu sei o que fazer, eu sei o que fazer". Levantou a cabeça e, do bosque, viu sair um velhinho com uma capa marrom e várias sacolas penduradas. Vinha o mais rápido que podia, o que não era muito. Em seguida, outro velhinho, vestido igual, saiu atrás do primeiro, gritando: "Aonde você vai? Quer nos matar? Volte!". Apesar de aquele não ser exatamente o fim de tarde que esperava, Votorus riu.

Ao chegar à sua frente, o primeiro velhinho encarou o guerreiro com a autoridade dos idosos.

— Boa tarde, sou Bião. Vi tudo que aconteceu. Sei como curar esse mosquito amarelo.

— Meu nome é Votorus. Que devemos fazer, pequeno?

— Levá-lo para minha casa, onde poderei aplicar-lhe o remédio: um líquido para beber e... Ah, você não entenderia.

Votorus riu, enquanto o outro velhinho chegava.

— Você é louco! Pra que nos envolver nisso?

— O rapaz machucou-se. É nosso dever ajudá-lo. Quero lhe apresentar o cavaleiro Votorus.

— Boa tarde, meu irmão é um pouco precipitado. Sou Tiar.

— Boa tarde — cumprimentou Votorus.

Bião examinou o rapaz, auxiliado a contragosto por Tiar, enquanto o guerreiro notava seu punho cerrado. Forçando os dedos a se abrirem, descobriu uma plaqueta de metal. Não havia nenhuma inscrição ou marca. Votorus guardou-a.

— É preciso levá-lo agora — exigiu Bião.

— Para onde? — perguntaram, Tiar e Votorus, cada um com uma intenção.

— Ora, para casa.

— Mas é muito perigoso — ponderou Tiar.

— Não seja covarde, é nossa obrigação.

— Onde é sua casa? — quis saber Votorus.

— No bosque, não muito longe — respondeu Bião.

Respirando fundo, Votorus percebeu que não chegaria em casa naquele dia. O jeito seria pernoitar na casa dos dois, pois entre seus votos de cavaleiro estava o de ajudar os feridos, desde que não fosse o inimigo.

— Vamos — decidiu Votorus.

Encaixou o rapaz no unicórnio e seguiram os três a pé pelo bosque. Pelo caminho imaginava se pelo menos a comida seria boa, pois já não teria tempo de caçar mais nada.

Se já conhecesse as habilidades culinárias de Tiar não ficaria tão preocupado.

A gritaria continuou pela noite, ora dentro, ora fora do armazém. Depois, diminuiu até resumir-se a sons de arrumação e chicotadas. Vez por outra um humano levantava a voz.

Quase nascia o dia, Rast decidiu que era o momento de sair da chaminé. Ao mexer-se, percebeu que havia muita fuligem nas paredes. Esfregou um pouco no rosto e nas mãos. Não percebeu que seu manto sujara-se atrás. Cautelosamente, saiu da chaminé e caminhou pelo telhado. Ao chegar à beirada, verificou que não havia guardas lá embaixo, pelo menos naquele lado. Colocou as garras e as ventosas e desceu o mais rápido possível. Já no chão, viu os sóis começarem a nascer. Correu para a segurança do bosque.

Após embrenhar-se um bocado pelas árvores, parou para respirar e escutar. Não estava sendo seguido e nada se movia por ali. O dia prenunciava-se calmo e límpido. Sentindo-se em segurança, resolveu abrir o bauzinho. Retirou-o de sua capa e verificou que não tinha cadeado nem dobradiças. Parecia hermeticamente fechado. "O jeito é quebrar", pensou. Apanhou o martelinho e uma cunha, em cuja ponta havia incrustado um pequeno diamante. Deu um golpe seco onde deveria ser a separação da tampa. Esta pulou fora, revelando o interior. Havia joias. Colares e pulseiras. Rast retirou-as e ficou admirando seu brilho. Uma pulseira era especial: tinha uma grande pedra negra, ladeada por um círculo de osso, e era de ouro. Rast não resistiu à tentação de experimentá-la. Colocou-a em seu braço e ergueu-o. Nesse momento a pedra brilhou e saltou fora da pulseira, elevando-se acima de sua cabeça e voando em direção ao armazém. Em poucos segundos, desapareceu. Rast tentou tirar a pulseira, mas não conseguiu. Guardou tudo e saiu correndo. Havia entendido a bobagem que fizera: a pedra voltaria ao seu dono e depois o levaria até ele. Precisava achar um meio de retirar a pulseira.

Mas, no momento, sua preocupação era afastar-se o máximo possível dali.

Bião passou quase toda a noite velando por Nirkis, que teve febre e falou coisas incompreensíveis. Ao acordar, Votorus viu Tiar esquentando algo no fogo. Lembrou-se do último alimento magnífico que tivera. Nenhuma de suas esposas cozinhava assim. Teve a ideia de convidá-lo para ir à sua casa ensiná-las. Tentou entabular uma conversa.

— Como está o rapaz?

Mas Tiar ainda estava desconfiado.

— Não sei.

— Excelente sua comida. Quero agradecer.

— Bião insistiu em tratá-lo bem.

Votorus riu.

Levantou-se e foi até o leito do acidentado. Deu com Bião a esfregar uma folha em seu peito. Vendo o guerreiro entrar, Bião comentou:

— Não era muito sério. Mas sem o tratamento levaria semanas para andar. Logo ficará bom. Dormiu bem?

— Muito, ainda mais com aquele último alimento.

— Meu irmão cozinha bem. É um cabeça-dura, mas tem ótimo coração.

— Quem será esse aí?

— Não tenho ideia. Nunca vi um tipo assim. Muito fraco, não sei como sobreviveu até agora. Falou dormindo, mas não entendi nada.

— Deve ser de outras terras.

— Ou de outro tempo.

— Como assim?

— Não importa, você não entenderia.

Votorus ficou olhando aquele pequenino, que parecia ter o conhecimento do mundo.

— Pronto — encerrou Bião — agora é esperar. Vamos comer.

Tomando o alimento rápido, Votorus perguntou há quanto tempo moravam ali.

— Muito — respondeu Bião. — Antes de os iodrás fundarem Pen-Khom.

— Nunca estive lá — comentou Votorus. — Minhas ligações sempre foram com Uni-Khom. É de lá que venho agora.

— Quais são as novidades? — perguntou Tiar, já se metendo na conversa.

— Vitir é o prefeito. Somos cavaleiros da Pirâmide Encerrada.

— Ouvi falar de vocês — disse Bião, curioso. — Guardam a Pirâmide

subterrânea que...

O rapaz levantou-se e gritou:

— O cubo!

Bião correu até ele.

— Calma, deite-se.

— O cubo, onde está o cubo?

— Deite-se, você ainda não está bem.

— Onde estou?

— Entre amigos. Depois conversaremos.

— Eu quero o cubo, ou melhor, a plaqueta. Você viu uma plaqueta cinza de metal?

— Está comigo — respondeu Votorus.

Só então o rapaz viu o guerreiro. Se não estivesse sentado, Nirkis o teria feito, tal era o seu tamanho. Mesmo assim teve forças para pedir.

— Por favor, é minha. Eu preciso muito dela.

Tirando-a do cinto, Votorus devolveu-a.

— Aqui está.

— Muito obrigado, muito obrigado.

— Agora procure descansar — sugeriu Bião.

Nirkis deitou-se novamente, com a plaqueta na mão, e fechou os olhos. Em pouco tempo, dormiu.

Os três voltaram à mesa e Bião comentou:

— Estão acontecendo coisas estranhas por aqui. Primeiro foram as explosões, e agora esse rapaz.

— Que explosões? — perguntou Votorus.

— Quando passamos ontem pela pedra oca, ouvimos explosões subterrâneas nas minas.

— Mas eles nunca extraem os cristais com explosões — observou Votorus.

— Sabemos disso, algo está errado.

Votorus sabia que seu dever era investigar. Tudo que pudesse pôr em risco o equilíbrio do país de Khom era do seu interesse.

— Levem-me até a pedra.

Houve um momento de surpresa, e os dois irmãos se entreolharam. Mas foi Tiar quem falou.

— Eu levo. Bião precisa ficar com o rapaz.

E sorriu. Era um sorriso tímido, mas franco. Votorus sorriu também, compreendendo que começava a cativar o arredio alquimista.

— Então vamos — decidiu, objetivo. — Porque ainda hoje quero chegar em casa.

Saíram em direção à pedra. Bião ficou vendo os dois se afastarem. Se havia disparidade entre o rapaz e o poenor, havia também entre aqueles dois: o gigante e o pequeno.

Mal sabia que ali começava uma ligação que não se desfaria enquanto os dois vivessem.

Correndo pelo bosque, Rast tentava lembrar-se onde haveria magos que pudessem livrá-lo daquela pulseira. Sabia que não conseguiria quebrá-la ou abri-la. Sabia também que, nessas situações, os magos de negro não perdoam. Se fosse alcançado, seria reduzido a pó. Ou, no mínimo, transformado em uma criatura inferior, como um verme ou um cacto. Talvez fosse feito escravo zumbi. Quanto mais pensava, mais corria. Olhou para o alto tentando se localizar, mas na sua velocidade não distinguia de que lado estavam os sóis. Pela luminosidade parecia estar indo para o norte. Distraído do chão, acabou por cair num buraco imenso. No fundo havia ossos de animais e uma lança quebrada. Era um fosso-armadilha há muito não usado. As paredes eram muito retas. Na terra, suas ventosas eram inúteis. Teria que sair somente com as garras. Colocou-as e começou a escalada. Sem o uso das pernas levaria o dobro do tempo. Quando estava na metade ouviu a gritaria característica dos ogros. Rast grudou-se à parede e esperou. Mal respirava, e seu coração parecia que ia saltar fora do peito. Alguns ogros passaram pelo buraco e seguiram pelo bosque. Continuou a subir. Chegando à beirada, olhou ao redor, mas nada viu. Saiu do fosso e percebeu que estava todo sujo de terra. Recomeçou a correr. Sobre a copa das árvores passou uma sombra negra. Vinham voando atrás dele. Ouviu um som agudo, como um miado, só que muito mais potente e prolongado. Soaram também cornetas. Percebeu que estava cercado. Seria uma questão de tempo. As árvores passavam e Rast não via modo de se esconder. Foi quando bateu em alguma coisa e caiu para trás. Tonto ainda, sentou-se e olhou à frente. Mas não havia nada. Tinha algo invisível ali. Ouviu uma voz.

— É atrás de você que eles estão?

— Quem é? — perguntou Rast.

— É atras de você que eles estão?

— Sim, magos de negro e ogros.

— O que você fez?

— Nada. Quer dizer, apanhei emprestado este bracelete.

— Um ladrão — comentou a voz.

— Escute, eles vão me matar. Se você for um mago ou um espírito, por favor, me ajude.

Em vez de resposta, Rast viu surgir à sua frente um cavalo branco, montado por um ser verde, vestido também de branco. Parecia um mago, mas faltava alguma coisa.

Ficaram medindo-se por um instante. Rast foi até ele.

— Por favor, preciso tirar este bracelete. Nele havia uma pedra negra que saltou e voltou para seu dono, um mago de negro que estava num armazém que visitei há pouco, e creio que...

— Calma. Vou tentar tirá-lo.

O mago concentrou-se por um tempo com a mão sobre o bracelete, mas nada conseguiu.

— A magia dele é mais forte do que a minha. Terei que usar outros recursos.

De uma bolsa, retirou uma pequena esfera branca. Pediu ao ladrão que erguesse o pulso. Elevou a esfera à altura da sua testa e fitou-a. Um finíssimo feixe de luz branca uniu a esfera e o bracelete, que se abriu, elevou-se no ar e saiu voando.

— Voltará para a pedra — disse o mago. — Meu nome é Molinar, de Pen-Khom.

— O meu é Rast, não sei onde nasci.

— Suba, precisamos desaparecer.

Antes de subir, Rast ainda perguntou:

— Por que me ajudou?

— Qualquer um que seja inimigo dos magos drokar é meu amigo.

— Não sei como te pagar.

— Suba.

O ladrão subiu e Molinar galopou.

— Os ogros vão nos encontrar — observou Rast, ainda assustado.

— Não se preocupe, já estamos invisíveis.

Rast quase não acreditava na sua sorte. Encontrar aquele mago ali, e ainda receber ajuda tão facilmente, só podia ser obra de um destino planejado. Um destino que o levou, naquele momento, a um gesto de honestidade que poucas vezes tivera na vida. Num repente, falou:

— Eu o acompanharei aonde for, Molinar, e o auxiliarei enquanto precisar de mim.

Quase se arrependeu. Mas agora já estava dito. Molinar sorriu.

— Obrigado, vou precisar. É bom ter companhia confiável. Antes de ajudá-lo, eu o senti: sua natureza é boa, embora você não saiba. E, agora, silêncio.

Retomaram a trilha, ainda invisíveis. Ladrão e quase mago: um estranho encontro.

Mas não tão estranho como os que ainda teriam.

♎

Chegando à pedra oca, Tiar observou que ela tinha uma rachadura num dos lados.

— Isso não estava aí ontem — disse a Votorus. — Vamos tentar ouvir.

Colaram os ouvidos na pedra e ficaram assim por um tempo. Mas nada se escutou.

— As minas são extensas — informou Tiar. — Podem ter se deslocado para outras ramificações.

— Provavelmente. Mas algo aconteceu aqui essa noite.

Afastaram-se da pedra e olharam ao redor: tudo estava calmo. O dia amanhecera tranquilo e os sóis brilhavam no céu.

— Onde é a próxima entrada? — perguntou Votorus.

— Na floresta fechada de Tegalfa. Mas também está tapada por uma pedra como esta.

Votorus acreditava nos velhinhos. Sabia que não teriam inventado a história das explosões. Mas sua vontade de chegar em casa era grande, e ficar por ali não iria ajudar em nada.

— Preciso ir — decidiu.

— Pena — disse Tiar.

O alquimista já começava a gostar do gigante. Votorus expôs com muita naturalidade fatos de sua vida e alguns conceitos da sua ordem. Por sua vez, Tiar também mostrou-se aberto ao relatar algumas das suas experiências alquímicas com o irmão. Mesmo assim deveriam voltar.

Ao iniciarem o regresso, Tiar tirou de sua bolsa uma raiz seca que estendeu a Votorus.

— Coma — explicou —, é muito boa para conservar energias.

No momento em que Votorus apanhou a raiz, uma violenta explosão fez tremer tudo ao redor. Os dois foram ao chão. Olharam para trás: a pedra havia se dividido em duas e, pela fenda, saia uma fumaça avermelhada. Levantaram-se e correram até ela, mas no terceiro passo foram surpreendidos por uma nova explosão. Dessa vez a pedra não só fendeu-se de vez, como um dos lados foi arremessado à distância, enquanto Tiar e Votorus iam novamente ao chão. Do buraco surgido no lugar da metade da pedra saiu uma labareda, seguida por mais fumaça vermelha. Tiar e Votorus levantaram-se e presenciaram uma cena apavorante: pela abertura começaram a sair mirrirs, os pequenos e inofensivos cavadores de cristais, arrastando um iodrá. Todos estavam esfarrapados e ensanguentados. O iodrá, além de queimado, havia perdido as duas pernas, e parecia morto. Tiar e Votorus correram até eles e os ajudaram. Alguns mirrirs gritavam, mas o que diziam era incompreensível, pois não falavam a Khom-língua. Apesar de já terem saído do buraco, continuavam arrastando o iodrá, como se quisessem afastar-se muito das minas. Com gestos, Tiar conseguiu acalmá-los um pouco, enquanto Votorus debruçava-se sobre o iodrá. Com seu cantil, derramou um pouco de água em seus lábios. O iodrá abriu levemente os olhos e pareceu ficar feliz em vê-lo. Com algum esforço, falou:

— Informe Pen-Khom do que viu. Os cristais estão em perigo. É um elemental de cobre. Raios e fogo não fazem efeito sobre ele. Cada vez fica mais forte. Muitos já morreram. Começou o desequilíbrio.

Votorus inclinou-se para ouvir melhor, pois o iodrá agora só murmurava.

— O desequilíbrio... O desequilíbrio.

Sua respiração cessou. Ao seu redor alguns mirrirs choravam baixinho, enquanto outros tinham os olhares arregalados, fixos no nada, catatônicos.

Aos poucos, Tiar foi cuidando de um por um, e, recuperando-se, começaram a conversar em sua língua. Improvisando uma pá com um pedaço de madeira, Votorus começou a cavar para enterrar o iodrá ali mesmo. Seria inútil levá-lo para a casa dos dois irmãos. Os mirrirs não ajudaram, limitando-se a observar, tristes, e a conversar entre eles.

Após o sepultamento, Tiar guardou seu material de cura, enquanto Votorus disfarçava a cova com galhos e folhas. Mas, repentinamente, todos os mirrirs correram e entraram de novo no buraco. Tiar e Votorus foram até eles, mas já haviam sumido no escuro. Entrar seria muito perigoso, pois não enxergariam nada no escuro dos túneis labirínticos. Decidiram voltar e resolver com Bião o que fazer.

No caminho de volta, cada um ia pensando no ocorrido. Estavam pesarosos, pois sabiam que tudo se modificaria nos próximos tempos.

Quando as forças do Mal se manifestam, ninguém pode ficar indiferente.

♓

Há muito o perigo havia passado. Molinar e Rast já estavam visíveis e mantinham-se na trilha que os levaria ao sul, na direção das minas. Ao ser questionado pelo ladrão sobre seu destino, Molinar descreveu-lhe a situação: o desequilíbrio sentido pelos iodrás da aldeia e sua missão. Rast cada vez mais se arrependia de sua promessa. Mas simpatizava com o mago. Só não gostou mesmo da história do elemental. Quis saber mais como ele era. Molinar explicou.

— É um monstro feito de um elemento só. Pode ser de bronze, de ferro, de água, de osso. Tendo uma unidade de matéria, fica mais difícil de ser atacado. É preciso descobrir que tipo de arma faz efeito em cada tipo de elemental. Fora o fato de que sua forma é variável, e que geralmente não pensam por conta própria, estando sempre à serviço de alguém.

— Quer dizer que, se for um elemental, há alguém, ou alguma força interessada no desequilíbrio?

— É meu maior medo. Se houver essa entidade, provavelmente outros pontos do país de Khom também estão sendo atacados.

Mesmo sendo ladrão e, com isso, querer tirar vantagem própria em qualquer situação, Rast não pôde deixar de preocupar-se. O país de Khom tomado pelo Mal ou por outra força desconhecida era um problema superior aos seus interesses pessoais. De repente, lembrou-se do armazém.

— Mas então o mago, ou magos de negro do armazém...

— Exatamente. Há quanto tempo você não via um mago drokar? O reaparecimento deles não deve ser por acaso.

Nem bem havia falado, e o cavalo fustigou e relinchou de maneira assustada. Os dois puseram-se em alerta. Entraram no bosque e esperaram. Logo se ouviu um lento bater de asas. Era algo grande. O cavalo aquietou-se, mas começou a suar. Acima da copa das árvores, Molinar e Rast viram passar dois imensos dragões negros. Vasculhavam o bosque como se procurassem alguma coisa. Rast ameaçou descer do cavalo, mas Molinar segurou-o.

— Quieto, estamos invisíveis.

Felizmente, mesmo voando baixo, os dragões não tinham proximidade suficiente para detectar a magia de Molinar. Foi a sorte. Seguiram rumo ao oeste.

— Pelos deuses — desabafou Rast —, nunca tinha visto tão grandes.

— É a confirmação do que eu estava dizendo. Estão muito afastados de seus ninhos.

Voltaram à visibilidade e retomaram a trilha.

Após algum tempo, Molinar virou-se para Rast.

— Deixe-me ver o bauzinho e as outras joias.

Rast mostrou-lhe. Pareciam joias comuns, e o mago não detectou magia nelas.

— Guarde-as, mas jogue o bauzinho fora — sugeriu.

Sem discutir, o ladrão seguiu a recomendação.

Esse seria o começo de um procedimento que se tornaria comum naquela jornada: extrema cautela em todas as ações. Molinar sabia que disso dependiam mais do que apenas suas vidas.

Era o futuro de Khom que estava em jogo.

♑

Sentados à mesa, os três permaneciam em silêncio. Bião refletia sobre o que Tiar e Votorus presenciaram. Esses dois, por sua vez, não conseguiam tirar da memória aquelas imagens. O guerreiro estava acostumado com a violência. Já participara de muitos combates, e sangue e morte não o impressionavam mais. Mas sentia uma indignação brutal naquele momento; afinal mirrirs são indefesos e pacíficos, e os iodrás, necessários e bons por natureza. O poder de fogo desses sacerdotes é quase nulo, limitando-se praticamente às magias de defesa. Armas, então, nem pensar. Atacar essas duas qualidades de seres dentro das minas é uma ação perversa. Esse raciocínio levou Votorus a uma conclusão:

— Precisamos de mais informações. Com elas, deverei voltar a Uni-Khom e informar Vitir.

Após um instante de reflexão, Bião decidiu:

— Vamos ler o espelho etéreo. Você também, Votorus.

— Mas o que é isto? — perguntou o guerreiro.

— Siga-me — disse Bião levantando-se.

Seguiram os três para um canto do tronco em que havia um tapete redondo decorado com inscrições que o guerreiro não conseguiu identificar. No centro havia uma peça de madeira que parecia servir como mesinha. Sentaram-se ao redor dela. Bião ergueu o tampo da mesinha, que revelou um pequeno orifício no centro. De uma sacola, Tiar retirou um saquinho e derramou um pouco do seu conteúdo — um pó amarelado — no orifício. Logo, uma fumaça da mesma cor começou a sair dali e inundou o ambiente. Votorus sentiu-se tonto e olhou para Bião, mas este fez um sinal acalmando-o e indicando que deveria olhar para o alto. Acima de suas cabeças começaram a se formar imagens. Disformes, a princípio, aos poucos tornaram-se mais nítidas. Eram visões assustadoras, pois pareciam reais e palpáveis. Dentro de uma mina, o que provavelmente deveria ser o elemental citado pelo iodrá, avançava lutando com todos os que surgissem à sua frente, ao mesmo tempo que explodia as paredes ao redor com raios que saíam de um tridente que manuseava. Tinha uma vaga forma humana, mas não tinha rosto, e parecia ser de metal vermelho. Com a destruição das paredes, voavam cristais para todos os lados, que o monstro apanhava e enfiava numa abertura que mais ou menos deveria ser a boca. Realmente, dava a impressão de comê-los. Um iodrá surgiu à sua frente e criou uma parede de gelo, bloqueando a passagem. Aproximando-se, o elemental começou a brilhar como se estivesse incandescendo. Logo a parede derreteu e, em poucos minutos, só sobrou uma poça d'água. Não satisfeito, o monstro entrou na poça, que foi se transformando em vapor, provavelmente quentíssimo, pois o iodrá e os mirrirs afastaram-se correndo. Nesse ponto a imagem começou a desvanecer-se, ou melhor, a modificar-se. Surgiu outra cena, que nenhum dos três conseguiu localizar: era uma aldeia, e estava sendo atacada. As pessoas corriam de um lado para o outro sem saber o que fazer. A imagem fixou-se em uma cabana que parecia ser o objetivo do ataque. Era uma construção simples, sem nada de especial, mas ao seu redor brilhava um halo de luz que a protegia de flechas e raios que vinham de todas as direções. Só então viu-se o que a atacava: soldados vestidos de negro que manuseavam balestras. Mas estas eram diferentes das usuais. As flechas, comuns à primeira vista, na metade do trajeto transformavam-se em raios de luz, que explodiam ao bater no halo ao redor da cabana. Sobre a aldeia, uma forma escura pairava, como que observando a batalha. Foi dela que saiu o ataque final: uma bola de matéria escura indefinível, que foi chocar-se contra o halo. Este desapareceu, e os guardas invadiram a cabana. Reapareceram carregando um velho, que foi montado à força num cavalo e levado para a floresta. A imagem desapareceu e tudo voltou ao normal dentro do tronco dos alquimistas. Abaixando o olhar, os três perceberam o espanto em seus rostos. Mas ao voltarem-se para levantar, deram com um rosto mais espantado ainda: o rapaz loiro estava de pé, enrolado em um cobertor, e olhava-os sem entender nada. Parecia um inseto amarelo saindo do casulo.

Se não estivessem tão assustados com as visões, teriam rido muito.

Era hora do grande alimento. Sentados à beira da trilha, Molinar e Rast comiam em silêncio, enquanto o cavalo pastava por ali. Estavam de costas um para o outro, procedimento normal em acampamento, pois assim podiam vigiar os dois lados. Não haviam feito fogo, comendo apenas o que já haviam trazido pronto. Cada qual estava com seus próprios pensamentos, analisando os últimos acontecimentos. Rast levantou-se e andou um pouco. Não estava acostumado a cavalgar, e o traseiro doía-lhe. Molinar observou-o. Que figura estranha. Quando caminhava parecia não ter peso, e dava a impressão de estar sempre se escondendo. Era magérrimo, mas o volume da capa o aumentava um pouco. Notou que ainda estava sujo de terra e mais algo escuro. Chamou sua atenção.

— Rast, você ainda está sujo nas costas.

O ladrão tirou a capa e notou a fuligem. Tentou limpá-la, mas não saiu.

— De onde veio? — quis saber Molinar.

— Da chaminé em que me escondi. Limpei-a das mãos e do rosto, mas parece que grudou na capa.

O mago examinou o negrume e assustou-se.

— Isso não é fuligem, é veneno!

— O quê?!

— É costume dos magos drokar. Pintam as chaminés com tinta venenosa para evitar intrusos indesejáveis. Se você tivesse se cortado ou se arranhado, ele teria penetrado no seu sangue, e seria uma questão de tempo. Vai ter que se livrar da capa.

— Mas onde vou guardar minhas coisas?

Realmente, a quantidade de objetos que o ladrão carregava era espantosa. Possuía bolsos em sua roupa, mas não eram suficientes para tudo. A maior parte ficava mesmo na capa. Estenderam-na no chão e ficaram olhando sem saber o que fazer.

Nisso o cavalo relinchou.

— Vem alguém — calculou Molinar.

Postaram-se alerta à margem da trilha, pois não daria tempo de esconder todo o material e os restos do almoço.

Logo viram uma carroça com uma família: homem, mulher e criança. Os três vinham cantando, despreocupados. Ao verem o acampamento, pararam e conversaram em voz baixa. Avançaram devagar até chegar a Molinar e Rast. O homem dirigiu-se a eles:

— Bom dia.

— Bom dia — respondeu Molinar.

Ficaram olhando-se sem dizer nada. Para o homem, as vestes brancas de Molinar inspiravam confiança. Já a figura de Rast.

O mago quebrou o silêncio.

— De onde vocês vêm?

— Temos uma fazenda aqui por perto.

— E para aonde vão?

— Vender frutas em Pen-Khom.

— É de lá que venho.

— Ah, que ótimo! E como estão as coisas por lá?

— Bem, está tudo muito bem.

— Que ótimo.

"Que conversa besta", pensou Rast. Chegou mais perto da carroça para ver o interior. A criança estava sentada em um grande caixote. Era morena, mas de pele branca, como o casal. Tinha os olhos bonitos e um sorriso nos lábios. Não se assustou com a aproximação do ladrão. "Mas que gente confiante e alegre", pensou Rast. Subiu na roda e apoiou-se na beirada da carroça. Quando olhou para dentro, uma enorme mandíbula apareceu e abocanhou o ar à sua frente. Rast caiu de costas no chão. A família riu muito, e outra mandíbula apareceu do outro lado da carroça. Aqueles fazendeiros levavam duas triatocamuns para sua proteção. E aquelas eram adultas, com suas mandíbulas de réptil maiores do que a cabeça de um homem. Seus corpos de escamas tinham mais de um metro. Por isso aquela gente viajava despreocupada.

Vendo que nada havia acontecido de grave, Molinar riu também. Perguntou se o homem não queria vender-lhe algumas frutas. Ele concordou.

— Rast, me dê algumas moedas de ouro — pediu o mago.

— Do meu dinheiro? — indignou-se o ladrão.

— Não seja avarento.

Muito a contragosto, Rast deu-lhe algumas moedas e a troca foi feita.

Antes de partir, o homem quis saber o destino dos dois.

— Vamos para as minas — disse Rast.

Molinar olhou-o com reprovação.

— É uma boa caminhada — disse o homem. — Mas vocês têm um cavalo forte e bonito. Aliás, por que ele está lambendo há tanto tempo aquela capa no chão?

Molinar e Rast olharam e viram, apavorados, o cavalo lambendo o veneno da capa. Correram até ele, gritando, mas este limitou-se a olhá-los como se soubesse muito bem o que estava fazendo. Rast quis puxar a capa, mas Molinar impediu-o.

— Deixe, parece que é de propósito.

Sem acreditar, o cavalo conseguiu retirar toda a tinta e nada aconteceu. Parecia imune ao veneno.

O homem despediu-se e seguiu caminho.

Arrumando suas coisas, Molinar confidenciou a Rast que não conhecia muito bem os poderes daquele cavalo. Mas aquela atitude era uma prova de que o presente de Oot não era comum. Na verdade, o ladrão não gostava muito de cavalos, preferindo andar a pé, mas, ao montar para retomar a marcha, sentiu uma afeição toda especial por aquele.

Agora o ladrão estava mais envolvido do que nunca: devia a vida ao mago, e a capa ao cavalo.

Bião colocou-se de pé e saudou:

— Olá, sente-se melhor?

— Sim — confirmou Nirkis. — Vocês estavam meditando?

Bião e Tiar riram; Votorus não entendeu.

— Não — explicou Bião. — Era outra coisa.

— Ele não viu nada? — perguntou Votorus.

— Só vê o espelho quem se concentra desde o início e aspira a fumaça — disse Tiar. — Para ele, estávamos apenas olhando para cima.

— Mas o que vocês estavam vendo? — insistiu Nirkis. — Aliás, quem são

vocês e onde estou?

— Uma coisa de cada vez — falou Bião. — Primeiro, nos diga quem é você.

— Meu nome é Nirkis. Mas não me lembro de onde sou, parece que perdi a memória.

— Como chegou aqui? — perguntou, curioso, Bião.

Nirkis descreveu o lugar da neblina onde acordou. Relutou um pouco para falar sobre o cubo, mas acabou contando tudo. Afinal, precisava confiar naqueles seres, ou não poderia entender onde estava. Após ouvir seu relato, Bião aclarou-lhe as ideias.

— Este é o país de Khom, e você chegou num momento conturbado.

Contou-lhe quem eram e o que havia ocorrido naquela manhã. Obviamente, aquele rapaz loiro que se denominava Nirkis era estrangeiro.

— Não estou entendendo quase nada — desabafou Nirkis. — Mas, afinal, isto aqui é um planeta?

Os três habitantes de Khom entreolharam-se.

— Planeta? O que é um planeta? — perguntou Bião.

A conversa começara a ficar truncada. Nirkis sentiu que deveria ir aos poucos, pois se aquela gente nem sabia o que era um planeta, como ele iria descobrir onde estava?

— Planeta — tentou explicar — é uma bola de matéria que flutua no espaço, habitualmente girando ao redor de um sol.

— Sol nós sabemos o que é — afirmou Tiar. — Aqui temos três que passeiam acima de Khom.

— Não, não — discordou Nirkis — deve ser Khom que gira sobre si próprio e ao redor deles.

Com essas afirmações, o clima piorou muito. Eles não estavam entendendo mais nada, e olhavam para Nirkis com um certo sentimento de piedade, como se ele ainda sofresse os efeitos da queda do poenor. Nirkis percebeu e tentou distraí-los.

— Discutiremos isso depois. Primeiro preciso recobrar a memória para argumentar melhor. Será que podem conseguir algo para eu comer? Minha última refeição no laboratório foi há...

Laboratório? Outra vez uma informação vinda do nada. Esforçou-se para lembrar que laboratório era esse, mas tudo era muito vago em sua cabeça. Enquanto isso, Bião interveio:

— Laboratório? Nós também temos um laboratório. Depois o levaremos lá. Primeiro vamos comer.

Durante a refeição, a conversa flutuou sobre vários temas, sempre muito confusa para Nirkis, que não entendia a base cultural daquele povo. Era óbvio que estavam atrasados em relação a ele. Sentia isso muito claro. Mas não conseguia definir em que nível nem podia se explicar aos três, pois não se lembrava de nada. Bião quis ver a plaqueta, ex-cubo. Nirkis mostrou-a, recomendando cuidado com as palavras, pois já descobrira que ela funcionava com comando verbal.

— Sim — comentou Bião com a plaqueta entre os dedos —, é algum tipo de magia que não conheço.

Foi a vez de Nirkis não entender.

— Magia? O que é isso?

Bião abriu a boca para responder, mas não conseguiu. Era tão óbvio que nunca se dera ao trabalho de criar uma definição. Ficou parado olhando para Nirkis sem saber o que dizer. Votorus, que até então se mantivera calado, foi quem arriscou:

— Bom, é tudo o que é feito com os poderes da mente, mesmo quando transferidos para objetos físicos.

Enquanto Nirkis fazia uma cara interrogativa, Bião virou-se para Votorus, indignado:

— Mas essa é uma definição grosseira.

— Tem alguma melhor? — replicou Votorus.

Bião calou-se, pois não tinha. Ficou parado por um momento olhando para o guerreiro. Virou-se para Tiar, e este fez um gesto como se dissesse "também não tenho nada melhor".

— Pelo que vejo essa conversa vai longe — interrompeu Votorus — e eu preciso ir. Devo chegar em casa ainda hoje, para regressar a Uni-Khom o mais rápido possível.

— Não se esqueça — lembrou Tiar — de que o iodrá pediu que informasse Pen-Khom.

— Não me esqueci. Passarei por Pen-Khom antes de chegar à capital.

Votorus levantou-se para partir. Nirkis surpreendeu-se novamente com o seu tamanho. Deveria ter uns dois metros e vinte, e era muito forte. Quase não cabia no tronco dos alquimistas. Na verdade, precisava andar um pouco abaixado ali dentro. Parecia pertencer a uma raça antiga, e Nirkis lembrava-se vagamente de ter lido algo a respeito no reservatório de dados.

— Reservatório de dados? — pensou em voz alta. — Sim, claro, o reservatório de dados da Informal Líquida de História.

Os três olharam surpresos. Nirkis percebeu e sorriu.

— Desculpem-me. É que lembrei de algumas coisas sobre minha origem.

— Continue se esforçando — incentivou Votorus. — Quem sabe no nosso próximo encontro tudo já esteja mais claro.

E preparou-se para partir.

Ao saírem do tronco, Nirkis observou a beleza do unicórnio. Era altivo, e parecia muito autossuficiente com aquele chifre na testa.

— É muito bonito — comentou com Votorus. — Nunca vi nada assim. Posso tocá-lo?

— Não até que ele se acostume com você. E isso leva tempo.

— Fica para a próxima vez.

Votorus arrumou suas coisas, despediu-se e montou, galopando em direção à sua casa, a sudeste.

— A casa dele é longe? — quis saber Nirkis.

— Após os montes Amestar — respondeu Bião. — Aqueles, ao longe.

Nirkis ficou imaginando que o unicórnio devia ser muito rápido para chegar ainda naquele dia, pois não era perto. Seus pensamentos foram interrompidos por Bião.

— Precisamos providenciar-lhe uma roupa. Você não pode ficar por aí enrolado num cobertor.

Enquanto entravam, Nirkis lembrou-se da roupa que usava antes de tudo começar: era colada ao corpo, feita de um material totalmente flexível e quase sem peso. Percebeu que as lembranças começavam a vir com mais rapidez. Se ao menos recordasse o nome de seu mundo.

O jeito era ter paciência.

Caminharam até ao final da tarde sem que nada os perturbasse. Vez por outra ouvia-se um animal selvagem, e só. Molinar decidiu que acampariam no início da noite e seguiriam viagem após sua metade.

— No escuro? — assustou-se Rast. — Eu enxergo bem, mas no bosque é perigoso.

— Não podemos nos dar ao luxo de perder tempo. Temos que arriscar.

Com o pôr dos sóis, saíram da trilha e escolheram uma clareira, acendendo um pequeno fogo dentro de um buraco. E ao seu redor, comeram e beberam. Rast quis saber quem ficaria de guarda.

— O cavalo — respondeu Molinar. — Ele nos avisará se algo se aproximar.

— Como ele vai aguentar amanhã se não dormir?

— Quem disse que ele não vai dormir? Continuará vigiando enquanto dorme. É uma característica da sua raça.

— Você precisa por um nome nele. Não pode ficar o tempo todo chamando de cavalo.

— Já havia pensado nisso, mas não criei nenhum do qual gostasse. Talvez você me ajude.

— Que tal...

— Lembre-se de que é um presente de Oot, um cavalo treinado pelos iodrás. Seu nome deve refletir a importância de seus senhores.

Rast calou-se. Seu conhecimento da Khom-língua era só o normal, e sugerir um nome no dialeto dos ladrões seria deselegante. Estava sem base para qualquer auxílio. Pensando nisso, adormeceram.

A noite estava escura, pois os anéis espiralados estavam com seus lados foscos voltados para Khom. Molinar foi acordado pelo cavalo, que resfolegava a um palmo do seu rosto. Sentou-se e ficou alerta. Tudo estava calmo. O cavalo apenas indicava que era hora de partir. Acordou Rast e levantaram acampamento. Montaram, e quando já se dirigiam para a trilha, ouviram ao longe um tropel de cavalos. Parecia vir em sua direção, mas não pela trilha. Davam a impressão de vir pelo bosque.

— Como podem galopar pela mata? — surpreendeu-se Rast.

— Quieto.

Ficaram parados ouvindo a aproximação. Quando o som ficou mais forte, soprou um vento gelado que agitou as folhas ao redor, criando em seus corações uma sensação de terror.

— Espectros! — disseram juntos.

Molinar instigou o cavalo e alcançaram a trilha, pondo-se a correr. Atrás deles o barulho crescia, misto de cascos sobre cascalhos e gritos agudos.

— Por que não ficamos invisíveis? — sugeriu Rast.

— Eles não precisam de olhos para ver.

Enchendo-se de coragem, o ladrão voltou-se e viu luzes que dançavam. Eram como chamas de velas que se deslocavam sem tocar o solo. Naquela velocidade logo os alcançariam.

Por mais rápido que fosse o cavalo, Molinar sabia que correr não era a solução. Puxou as rédeas e apeou. No chão, voltou-se e encarou as formas. Quando estavam a uns vinte metros, ele levantou os braços e surgiu à sua frente uma fina parede de vidro que tomava toda a trilha. Os espectros pararam. Ficaram indecisos, dançando de um lado para o outro. Molinar montou o cavalo e galoparam a toda velocidade. Logo estavam longe dali.

— O que aconteceu? Por que eles não nos seguiram? — perguntou Rast.

— Solidifiquei o ar numa parede de vidro. Suas luzes refletiram-se nela e os espectros viram outros espectros vindo em sua direção. Pararam, é lógico, e devem estar lá até agora, pois suas mentes não entenderam o que aconteceu. Todos os espectros de uma região andam juntos, para eles seria impossível ter outro grupo no mesmo local.

— E quanto tempo dura essa parede?

— O suficiente.

E continuaram galopando até o amanhecer. Quando os sóis nasceram, amenizaram o ritmo. Rast pôde respirar e satisfazer sua curiosidade.

— Sempre ouvi falar em espectros, mas nunca havia visto. O que acontece se nos alcançam?

— Sugam nossa energia. Eles querem nossos corpos para voltar à vida material. Não sabem que isso é impossível. Nessa tentativa acontece o inverso, e nós nos tornamos como eles.

— Por quanto tempo?

— A eternidade te parece muito?

— Sim, claro.

— Pois é esse o tempo.

— E não há jeito de exterminá-los ou acalmá-los?

— Os cristais, bem distribuídos, sempre fizeram isso. Os espectros estavam recolhidos nos confins de Khom. Creio que o Mal já é maior do que se imagina.

Cavalgaram em silêncio até a fome apertar. Foi Rast quem primeiro lembrou-se do estômago.

— A que horas comeremos novamente?

— Logo após aquela curva. Quero aproveitar e verificar a pedra oca enquanto descansamos.

Após a curva, entraram no bosque.

Ao aproximarem-se da pedra, o cavalo ficou nervoso. Quando viu o estado dela, fendida pela metade e chamuscada ao redor, Molinar desceu e correu até lá. Era óbvio que algo de ruim acontecera ali. Rast foi ao seu encontro.

— Isto foi recente?

— Sim — confirmou o mago. — Tem as características de um ataque de elemental, conforme previu Oot.

Nisso, o cavalo relinchou. Mas não era um aviso. Parecia sofrer. Molinar e Rast viram que ele escavava o chão com as patas. Foram até ele e descobriram a sepultura recente. O cavalo relinchava alto, e o som era de dor.

— Há algo enterrado aqui que lhe é muito querido — adivinhou Molinar. — Já imagino o que é.

Ajoelhou-se.

Cavalo e pequeno mago ficaram ali unidos em sofrimento. O ladrão afastou-se em respeito. A situação começava a ficar séria e ele estava despreparado para enfrentar o que pressentia vir. Mesmo assim, sentiu-se responsável por aqueles dois, que já considerava amigos.

Sentou-se sobre o que restava da pedra oca e velou pela tranquilidade dos seus prantos.

"Prática, mas muito estranha".

Foi a opinião de Nirkis sobre a roupa que Bião e Tiar lhe confeccionaram. Feita de tecidos rústicos entrelaçados com couro, parecia obra de amadores. Mas Nirkis absteve-se desse comentário;

afinal os dois alquimistas estavam sendo mais do que generosos. Costurar não era especialidade deles e, mesmo sendo franzino, Nirkis era maior do que eles, obrigando-os a improvisar o modelo. Podia andar e movimentar-se com desenvoltura; mas sua roupa original não lhe saía do pensamento.

Tomaram a primeira refeição — que os alquimistas insistiram em chamar de "alimento rápido", mas que pareceu muito demorado para Nirkis — e, enquanto os pequenos lavavam a louça, ele os observava rodando a plaqueta entre os dedos. Quase cometera uma ofensa minutos atrás. Ao final da refeição, a tal do "alimento rápido", ele perguntou onde podia jogar seu prato. "Jogar não, lavar", disse Tiar indignado. Só então percebeu que o material duro, a "louça", era para eles reaproveitável. Começava a ficar muito curioso com todos aqueles costumes. Mesmo sem memória, Nirkis conhecia-se o suficiente para saber que não deixaria aquele mundo com facilidade. A tentação de pesquisá-lo era grande demais. Seus olhos caíram na plaqueta. Imaginou que seria um bom momento para explorá-la um pouco mais. Alegando a necessidade de esticar as pernas, deixou o tronco e os alquimistas em seus afazeres. Caminhou um pouco admirando a vegetação ao redor: era rica, mas não sufocante, com pequenas clareiras aqui e ali, e raios de sol a penetrar entre as folhas. Levantou a cabeça e lá estava o triângulo de sóis azuis. Muito interessante! Como eles se mantinham equidistantes? Que tipo de atração gravitacional criava essa possibilidade? Aliás, como é que ele sabia disso tudo? Olhou para a plaqueta. Depositou-a no chão e afastou-se. Lembrou-se das ordens que já haviam funcionado e resolveu testá-las.

— Padrão transporte.

Nada aconteceu.

"Mas é claro", pensou, "ela já está no padrão transporte. Preciso encontrar a reversão do procedimento". Percebeu que até sua linguagem lhe era estranha. Foi em frente.

— Padrão escolha.

A plaqueta elevou-se e tornou-se um cubo cinza, parado no ar à altura do seu peito.

— Tamanho passagem.

O cubo cresceu para pouco mais que sua altura, ficou preto, com uma das faces brancas, e com a base no chão. Nirkis enfiou a cabeça no lado branco e lá estava a neblina. Voltou. Ficou imaginando o que mais aquela coisa faria. Até agora só tinha revertido o processo. Teve uma rápida visão de si mesmo flutuando entre grandes construções, manejando algum tipo de aparelho. Apertou a cabeça entre as mãos tentando reavivar a memória. Tudo continuou obscuro. Foi quando ouviu algo. Pareciam passos. Olhou ao redor, mas não viu nada. Sentiu medo e pensou em correr de volta. Mas, e o cubo? Quis dar aquela ordem que já conhecia para diminuí-lo, mas, outra vez, de sua boca saiu outra:

— Padrão camuflagem.

O cubo continuou do mesmo tamanho, mas suas paredes sumiram, ficando apenas as linhas do seu contorno. Eram finos traços que desenhavam sua forma como se fosse apenas uma armação sem lados.

Instintivamente, Nirkis entrou. Ouviu novamente os passos, agora mais perto, e sentiu que ainda faltava alguma coisa.

— Isolar espaço.

As linhas sumiram. Agora, Nirkis estava parado de pé sem nada ao seu redor. Mas, estranhamente, sentia-se em segurança. Enquanto tentava entender, viu surgir à sua esquerda uma espécie de homem, meio simiesco. Caminhava semiereto e tinha braços que quase alcançavam o chão. Sua cabeça era menor do que o normal, com cabelos lisos que vinham até a cintura. Vestia-se com trapos de couro e carregava uma ameaçadora clava. E vinha em sua direção. Nirkis foi tomado de pânico, pois seu ar não era nada amistoso. Mas não se mexeu.

O ser veio caminhando, quando estava a uns dez metros, Nirkis notou que não estava sendo visto, o que seria impossível àquela distância. O ser continuou seu caminho e o pânico aumentou. Quando estava prestes a gritar, a criatura deu com a cara no que Nirkis imaginou ser a parede do cubo, agora invisível. O humanoide recuou dois passos com a mão no nariz e olhou espantado para a frente. Caminhou de novo e de novo foi de encontro à parede. Tateou-a, sem entender o que estava acontecendo. Irritou-se.

Bateu com a clava na parede e nada aconteceu. Dentro do cubo, Nirkis começava a compreender e a divertir-se. Batendo a clava, o ser foi se cansando e começou a emitir sons que pareciam um linguajar primitivo. Quando a arma se quebrou, a criatura estava no auge da raiva. Ficou gritando e gesticulando, até que desistiu e foi embora. Nirkis ria e pensava ao mesmo tempo. Tateou as paredes e sentiu que eram sólidas também por dentro. Era um isolamento perfeito. Resolveu sair.

— Retorno camuflagem.

As linhas reapareceram e Nirkis saiu. Cada vez gostava mais daquele protótipo. Protótipo? Que seria isso? Enquanto tentava imaginar a origem do termo, ouviu passos outra vez. Só que agora pareciam correr. Retornou ao cubo.

— Isolar espaço.

Viu o ser voltar correndo, como se estivesse fugindo de algo. Sumiu. Após alguns instantes ouviu novos passos. De lá, surgiu um cavalo montado por dois seres. Um era verde e estava vestido de branco. Nirkis deslumbrou-se. Nunca tinha visto ninguém daquela cor. Que raça seria aquela? O outro era humano, muito magro e com feições rudes, e usava um manto cinza. Não pareciam perseguir o humanoide. Vinham conversando, nem pareciam tê-lo visto. A dois metros do cubo pararam, pois o da frente levantou a cabeça e olhou diretamente em sua direção. Será que ele o vira? Nirkis apalpou as paredes e elas estavam lá, invisíveis. O de trás perguntou:

— O que foi?

— Tem algo aí na frente, eu o sinto — respondeu o verde.

Ficaram parados sem saber o que fazer.

O primeiro apeou do cavalo e veio até a frente. Assim como o humanoide, deu com a cara na parede. Chamou o outro. Os dois tatearam os lados, mas sem agressividade.

— Mas o que é isto? — perguntou o da capa.

— Não sei, mas não detecto Mal. Pressinto alguém aí dentro.

— E se for um drokar?

— Já disse que não há Mal aí.

Pareciam amistosos. Se ao menos Nirkis tivesse certeza.

— Vamos ver se falamos a mesma linguagem — disse o verde.

Este se concentrou e elevou-se no ar até pousar no teto do cubo. Nirkis arregalou os olhos. Como ele havia feito aquilo? O ser verde saiu do teto e voltou ao chão. Era demais. Nirkis não resistiu à tentação de se comunicar.

— Retorno camuflagem.

As linhas de contorno reapareceram. Nirkis foi visto e os dois recuaram. O ser verde levantou os braços e Nirkis gritou:

— Sou amigo! Por favor.

Ficaram todos imobilizados, medindo-se, sem saber que ali, pela primeira vez, entravam em contato poderes diferentes, mas igualmente importantes para o destino de Khom.

Ao lado de sua casa, afiando o gume de uma espada numa pedra lisa, Votorus começava a preparar seu espírito. Sabia que em breve voltaria à ativa. Preocupava-se com o nível de seus possíveis adversários e calculava o que planejaria Vitir quando soubesse do ocorrido na pedra oca. Pelas palavras do iodrá, Votorus adivinhava a extensão do Mal. A guerra seria inevitável. A guerra. Outra vez. Sempre pelo mesmo motivo: poder. Qualquer que fosse a entidade interessada no desequilíbrio teria provavelmente o objetivo de conquistar o poder em Khom. Votorus detestava a guerra. Sabia que, em geral, todos pensavam que um guerreiro amava a luta. Mas ele era experiente e sábio o suficiente para compreender que o sabor da batalha é sempre amargo. Ganhando ou perdendo, a guerra é a certeza do prejuízo.

Foi interrompido em seus pensamentos por Dria, sua segunda mulher. De passagem, com uma cesta de verduras, ela comunicou-lhe que o grande alimento seria depois do pino dos sóis. Votorus não gostou nem um pouco desse atraso. Mas nada podia fazer.

Como passava a maior parte do tempo fora de casa, aos poucos elas dominaram tudo. Era costume em Khom as esposas darem sempre a última palavra em assuntos domésticos. Tendo Votorus casado com cinco mulheres de gênio forte, chegou a um ponto em que ele praticamente fazia parte da mobília. Exceto à noite.

Aproveitou então o atraso para alimentar suas triatocamuns. Tinha dezoito em cativeiro, e algumas o acompanhavam quando saía em campanha. Pensava em levar duas nessa viagem a Uni--Khom. Melhores do que soldados, elas mantinham-se sob rigorosa obediência ao seu dono e, quando necessário, eram capazes de uma ferocidade irracional. No viveiro examinou uma por uma. Levaria as que tivessem três carreiras de dentes já formadas, e as pernas elásticas e fortes para saltos. Votorus não sabia o que iria enfrentar, por isso optara por levar duas adultas. Escolheu Ssar e Vess.

Durante o grande alimento, Votorus contou às suas esposas os últimos acontecimentos e comunicou-lhes sua decisão de voltar urgente a Uni-Khom, passando por Pen-Khom. A decepção foi geral. A mesa foi abandonada e a comida retirada. Houve ainda uma chuva de imprecações contra o guerreiro, e algumas panelas voaram da cozinha. Votorus refugiou-se em seu canto predileto: o pomar. Enquanto comia algumas frutas para compensar o grande alimento interrompido, o guerreiro rememorou algumas das últimas ordens de Vitir. Eram agora inúteis, devido aos novos fatos. Como guardião externo da Pirâmide Encerrada, Votorus tinha o principal dever de observar Khom e relatar irregularidades. Ficou pensando na beleza daquele monumento azul encravado dentro da montanha e em seu conjunto de cristais irradiadores de equilíbrio. A pirâmide era o centro energizante de Khom. Sua localização era segredo. O Mal não deveria nem chegar perto dela.

Tendo consciência da situação, a permanência em casa angustiava Votorus.

Estava decidido: partiria no dia seguinte.

ℯ𝓉

Eles sabiam o que estavam fazendo. Mesmo assim sempre ficavam nervosos a cada experiência. Os materiais manipulados requeriam doses muito precisas, e qualquer erro poderia acarretar um desastre. Com o fracasso não se preocupavam, mas sim com acidentes. Já havia acontecido uma vez, e o laboratório incendiou-se.

Superando os temores, Bião levava a pequena colher com a dose certa de ervas ao frasco que estava no fogo. Tiar observava a uma pequena distância, concentrado na cor da mistura. Derramadas as ervas no líquido borbulhante, este efervesceu, e em seguida parou de espumar. Bião apagou o fogo, deixando que o calor natural fizesse o efeito esperado. Logo o conteúdo tornou-se incolor, parecendo-se com água. Os dois se olharam tentando adivinhar o resultado. Com luvas apropriadas, Tiar segurou o recipiente e levou-o à mesa de pedra. Havia um prato ao lado, e um pouco do líquido foi derramado nele. Após um tempo, em que os dois permaneceram observando a mistura, o líquido esfriou e manteve-se inalterado no prato. Mesma cor e mesma textura. Bião apanhou um pedaço de madeira em brasa, com um pouco de fogo na ponta, e levou-o até o prato. Antes de encostar no líquido, olhou para Tiar como que esperando uma aprovação ou discordância do irmão. Este fez um gesto significando "vá em frente". Bião encostou o fogo no líquido. Imediatamente a mistura congelou-se. Os dois saltaram de alegria aos gritos de "conseguimos, conseguimos". Bião parou de repente com um brilho nos olhos. A expressão em seu rosto era de curiosidade e molecagem. Apanhou o frasco com o líquido e correu para a lareira. Tiar foi atrás. Lá chegando, os dois pararam e ficaram por um momento hipnotizados pelo fogo que crepitava aquecendo o ambiente. Num gesto rápido, Bião atirou todo o líquido no fogo. O efeito foi inacreditável: o próprio fogo congelou-se. Ficou estático e aprisionado no gelo. A visão era linda. As chamas mantinham sua cor e forma, mas estavam solidificadas. Tiar tocou-as: estavam frias.

— Eu sabia que ia dar certo — disse Tiar.

— É, mas a ideia foi minha — vangloriou-se Bião.

— E quem descobriu as medidas certas? — replicou Tiar.

Continuaram discutindo sobre a paternidade da fórmula.

Congelar o fogo era um projeto antigo, e foram necessários meses de experiências com antigos livros para se chegar ao sucesso daquele dia. Por meio da perseverança dos alquimistas, havia sido inventado um líquido importantíssimo para Khom. Podia ser usado contra o calor do Mal, como os lançados por dragões, ou para transpor barreiras, como as paredes de fogo dos magos drokar. Os velhinhos ainda não tinham a visão do alcance de sua descoberta. Para eles era apenas mais uma experiência. Mas a praticidade da descoberta os tornaria famosos em todo o país. E seria demonstrada nos dias difíceis que se aproximavam.

II

Aos poucos o ser verde foi abaixando os braços e Nirkis tranquilizou-se. Mas o tempo parecia estático, e ninguém tomava a iniciativa. Buscando demonstrar confiança, Nirkis saiu do cubo. Retribuindo o gesto, o ser verde adiantou-se. Olhava dentro dos olhos de Nirkis, como se penetrasse no seu inconsciente. O jeito era apresentar-se.

— Meu nome é Nirkis.

E estendeu a mão. O ser verde foi até ele.

— O meu é Molinar, aspirante à consagração. Venho de Pen-Khom.

Cumprimentaram-se. A quatro passos, o ladrão imaginou ver uma aura ao redor dos dois. O mago apresentou-o.

— Este é Rast.

Nirkis foi até ele e o cumprimentou.

Rast não resistiu a uma pergunta.

— Que tipo de magia é esta? — questionou, referindo--se ao cubo.

Outra vez aquela palavra: magia. Em vez de responder, Nirkis dirigiu-se a Molinar.

— Como você fez aquilo, quero dizer, levitar sozinho?

— Magia pessoal — respondeu com toda a naturalidade. — Mas a sua não é pessoal, você não tem esse poder.

Se perguntasse novamente o que era magia, Nirkis iria causar constrangimento.

— Não é magia. Mas não sei bem o que é. Ainda estou em fase de testes. Parece um protótipo de múltiplas finalidades.

O mago e o ladrão entreolharam-se. Sentindo o clima, Nirkis decidiu explicar tudo.

— Não pertenço a esta terra, portanto não entendo muito bem os costumes locais. Cheguei aqui por acaso e parece que perdi a memória.

Contou o que havia sucedido. Molinar ouviu com atenção e quis saber um último detalhe:

— E onde conseguiu essas roupas?

Por um instante Nirkis não soube o que dizer. Deveria falar dos alquimistas? E se os dois quisessem conhecê-los? Poderia levá-los até o tronco? Será que era seguro? Revelar sua identidade era uma coisa, mas teria o direito de fazer o mesmo com Bião e Tiar? Ficou acuado, sem jeito. Acabou falando:

— Fui socorrido por dois alquimistas que moram aqui perto.

— Bião e Tiar! — surpreendeu-se Molinar. — Que bom encontrá-los! Ouvi falar muito de suas habilidades. Viriam bem a calhar nesta missão.

Nirkis sentiu-se aliviado. Constatou que tomara a decisão correta. Enquanto isso, Rast entrou no cubo.

— O que isto pode fazer? — perguntou a Nirkis.

— Saia daí! — gritou. — Ele funciona com comando verbal.

O ladrão pulou fora como se disso dependesse sua própria vida. Sua agilidade impressionou Nirkis. Molinar riu um pouco e insistiu:

— Mostre-me como funciona.

Por meio de ordens verbais, Nirkis transformou o cubo em plaqueta. Rast ficou estupefato. O mago, não.

— Isso não é magia — constatou. — Precisamos estudá-lo mais.

Virando-se para Nirkis, disparou:

— Eu posso ajudá-lo a recuperar a memória. Leve-nos aos alquimistas.

Nirkis foi pego de surpresa, mas não vacilou. Faria qualquer coisa para lembrar-se de sua origem.

— Sigam-me.

Rumaram para o tronco. No caminho, Rast comentou:

— Espero que a fama deles corresponda. Não é Tiar que cozinha muito bem?

— Sim — respondeu Nirkis. — E já é quase hora do..., como vocês chamam mesmo?

— Grande alimento — responderam os dois.

Os três riram, como se não houvesse problemas no mundo.

Atrás, o cavalo parecia ser o único consciente da realidade.

A saída do laboratório dava no porão, ou na parte mais baixa do tronco. Esse, por sua vez, unia-se a uma saleta, ligada ao grande salão por uma escada em espiral que dava bem no canto da esquerda. Bião e Tiar levaram um susto quando, ao final da escada, viram Nirkis e dois estranhos sentados à mesa. Imediatamente todos se levantaram.

— Desculpe — justificou-se Nirkis —, mas encontrei estes dois amigos, quero dizer, eu os conheci agora, mas... Bem, quero apresentá-los. Sei que fui precipitado trazendo desconhecidos...

— Tudo está bem — interrompeu o mago. — Sou Molinar, de Pen-Khom.

Disse algumas palavras numa língua desconhecida. Os dois alquimistas abriram um sorriso e correram para o mago. À sua frente pararam e fizeram uma respeitosa reverência, que Molinar retribuiu. Apresentou, então, Rast. Desconfiado como sempre, Tiar mediu-o da cabeça aos pés. Evidentemente era um ladrão. Mas imaginou que, sendo amigo de Molinar, não devia representar perigo.

Voltando à Khom-língua, todos conversaram animados. Primeiro falaram de temas banais, sobre velhos companheiros de Pen-Khom e sobre as últimas experiências dos alquimistas. À medida que relatavam os últimos acontecimentos, o tom foi baixando. Ao ouvir a descrição do ataque àquela aldeia e do rapto do velho visto pelos alquimistas e por Votorus no espelho etéreo, Molinar pendeu a cabeça até a testa tocar na mesa.

— Pelos Deuses — desabafou —. Era Pen-Khom, e o velho era Ti.

Seguiu-se um profundo silêncio, quebrado, após um bom tempo, pelo próprio Molinar.

— Amigos, a situação já é pior do que imaginávamos. O elemental está nas minas, Pen-Khom está sendo atacada.

Pen-Khom, o próprio lar dos iodrás! Os magos drokar estão de volta. Dragões e espectros estão à solta.

Desde o começo da conversa, apenas Nirkis havia ficado em silêncio, mas atento a tudo, assimilando aquele povo. Resolveu intervir.

— O que significa tudo isso?

— Significa — explicou Molinar — que esses seres maléficos não estão sozinhos. Há realmente alguma entidade maior interessada no desequilíbrio.

— E o que pode ser feito?

— De onde estamos, sem dúvida, primeiro ir às minas e eliminar o elemental. Depois tentar descobrir a localização do líder dele.

Pelo tom do mago, Nirkis percebeu que a situação era muito séria. Sua curiosidade aliava-se à sua solidariedade por aquele mundo. Lembrou-se da promessa do mago.

— Perdão, Molinar, por fazer uma cobrança numa hora destas, mas eu entendo os problemas e quero ajudar. Se eu recuperar a memória talvez possa ser útil.

— Tem razão — concordou o mago. — Bião, você me conseguiria um pouco de Folha-do-Rei? Na língua alquímica vocês a chamam de Athelas.

— E na língua magician seu nome é Asea Aranion — disse Tiar, orgulhoso, enquanto já se levantava da cadeira. — Temos no laboratório, vou apanhar.

— Que folha é essa? — quis saber Nirkis.

— Você não precisa entender — disse Molinar. — Basta confiar.

Tiar voltou com um punhado, o mago ferveu água em uma chaleira, colocando as folhas. Quando o vapor subiu, uma toalha foi jogada lá dentro e a chaleira tapada. Molinar sussurrou algumas palavras a Nirkis. Este levantou e deitou-se na mesa. Parecia alheio ao redor, e seu olhar estava vidrado. Concentrando-se, o mago fez levitar apenas o centro do corpo de Nirkis, deixando só a cabeça e os pés tocando a mesa. Molinar foi até a chaleira, apanhou a toalha e colocou sobre o rosto de Nirkis, de modo que ele respirasse somente o vapor das folhas. Deixou-o naquela posição por uns instantes. Depois, com um movimento de mãos, esticou-o no ar como se cordas o puxassem pelos pés, mãos e cabeça. Ouviu-se um estalar de ossos e um grito de Nirkis. Rápido, mas delicadamente, Molinar devolveu-o à mesa. Todos estavam com a respiração suspensa, menos o mago, que parecia muito tranquilo. Rast deu um passo à frente para olhar, mas foi surpreendido por um novo grito de Nirkis.

— Emoto!

Levantou-se de um pulo, tirando a toalha do rosto.

— Emoto — repetiu. — É de onde eu venho. Meus amigos, agora me lembro de tudo, e tenho muito a contar.

■

O silvo vinha de muito alto. Votorus levantou a cabeça e, mesmo à grande distância, pôde distinguir o brilho do pequeno dragão prateado. Voava em sua máxima velocidade. E em sua direção. O guerreiro correu do pomar para a sua casa sentindo que havia algo errado. Aquele dragão pertencia à sua ordem, usado como mensageiro da Pirâmide Encerrada. Havia muito poucos e eram reservados para missões especiais. Sua presença ali era sinal de que Votorus estava sendo procurado. Este parou na varanda e notou que atrás do dragão vinham outros dois seres alados. Estava realmente sendo perseguido. Votorus entrou e armou-se, vestindo também a armadura de escamas. Retornando ao quintal, identificou quem perseguia o pequeno dragão prateado: dois outros dragões. Só que enormes e vermelhos. Por isso, o prateado ainda tinha a dianteira. Era mais jovem, mais rápido.

Pressentindo a luta, Votorus gritou para as suas mulheres que soltassem as triatocamuns e depois entrassem em casa. Assim foi feito, e logo o guerreiro estava cercado pelos répteis, que saltavam e abocanhavam o ar, já enfurecidos pela proximidade dos dragões. Além da espada e do escudo, Votorus também portava uma balestra, muito maior do que as comuns, feita especialmente para o seu tamanho. As flechas tinham um metro, enquanto o normal seria cinquenta centímetros.

O dragão prateado avistou a casa e mergulhou em queda livre. Um dos dois vermelhos lançou um jato de fogo que quase o alcançou. Lá embaixo Votorus preparava a balestra. Sabia que só teria tempo para um disparo. Depois seria a luta corpo a corpo. A trinta metros da casa o prateado fez uma curva e foi pousar mais abaixo, perto do pomar. Votorus compreendeu: ele estava tentando separar os dois vermelhos. Ordenou a algumas triatocamuns que ficassem com o prateado no solo. A estratégia funcionou. Ao avistar Votorus, um dos dragões deslocou-se em sua direção. O outro foi atrás do prateado. Votorus abaixou a viseira do elmo, aproximando sua visão através da lente. Mirava no coração da fera. A cem metros, Votorus disparou. O dragão, em uma manobra perfeita, evitou a flecha. Imediatamente o guerreiro largou a balestra e empunhou o escudo e a espada. Foi o tempo certo. À pouca distância o dragão lançou seu jato de fogo. Votorus protegeu-se com o escudo, que teria derretido se não fosse o rubi encravado em seu centro, que absorveu as chamas. Sem tempo de recarregar, o dragão foi para cima de Votorus com dentes e garras. Do outro lado a situação inverteu-se. O dragão prateado lançou um raio azulado no vermelho e o acertou. A fera perdeu o controle do voo e, sangrando no pescoço, despencou no chão. Foi agarrado por várias triatocamuns e dilacerado. Algumas delas também abocanharam o outro dragão, mas este estava em perfeitas condições e respondia com patadas a cada mordida. Votorus foi de encontro a ele e travou-se uma batalha feroz. O dragão tentava morder a cabeça do guerreiro, que se protegia com o escudo, enquanto procurava o pescoço do monstro com a espada. Nesse momento o dragão prateado nada podia fazer, pois um raio poderia acertar também o guerreiro. Uma das triatocamuns conseguiu cravar os dentes na asa do vermelho. Este virou-se para ela e dividiu-a em duas. Foi o tempo suficiente para Votorus saltar para a frente e enterrar a espada em seu peito. O vermelho urrou de dor e tentou voar. Mais rápido, Votorus brandiu a espada no ar em direção ao pescoço dele, tornando-se um feixe de luz azul, e decepou o monstro. Cegas de raiva, as triatocamuns saltaram sobre sua carcaça e o despedaçaram.

O prateado voou para junto de Votorus, enquanto este contava o estrago: oito triatocamuns mortas. Felizmente Ssar e Vess nada sofreram. Como de praxe, Votorus saudou o prateado, e este entregou-lhe o cone que trazia amarrado ao peito com a mensagem. Votorus abriu e reconheceu a letra de Vitir, estava em código, na língua da montanha, específica da sua ordem. Vitir já sabia do desequilíbrio e dos problemas em Pen-Khom. Ordenava a Votorus que fosse às minas prestar auxílio aos iodrás. Conforme intuíra, o Mal já estava alastrado, pois até em Uni-Khom já se sabia de tudo. A mensagem também ordenava sua partida imediata e o regresso do dragão prateado.

Naquela noite nenhuma das esposas reclamou, e o último alimento foi servido a Votorus com toda a presteza. Elas agora tinham consciência da importância da situação.

Só não sabiam se, após aquela noite, veriam seu homem outra vez.

●

Havia excesso quando antes havia falta. Excesso de informações. Nirkis ficou parado olhando para seus novos amigos sem saber por onde começar. Toda a memória voltara. Ele tinha muita coisa a dizer, realmente; mas como se fazer entender? Seu mundo era tão diferente. Pensou na rapidez com que tudo havia acontecido, e na estranha facilidade de entrosamento com aqueles seres. Por que tanta simpatia recíproca? Por que se relacionara tão abertamente? Agora tudo voltou a ser complexo. E ele foi pego de surpresa. O acidente no laboratório adiantara o processo. Precisaria voltar a Emoto. Emoto, claro! Para se fazer entender com aquela gente deveria explicar sua origem. Deveria refrear sua curiosidade e satisfazer primeiro a deles. Conteve sua excitação e começou:

— Amigos, venho de outro lugar, outro mundo, muito distante. Na verdade, de outro tempo. Há muitas coisas que não posso explicar agora, vocês não entenderiam.

— Não nos subestime — interrompeu Molinar. — Você está na presença de pessoas esclarecidas.

— Não é minha intenção subestimá-los. Nem ocultar nada. Respeito sua ciência e sabedoria. Há muitas coisas aqui que não compreendo, e quero estudar.

— Primeiro — disse Bião —, fale-nos de seu mundo e de como chegou aqui.

— O cubo. O cubo é uma experiência que deu certo. Ele me trouxe, não com o controle que eu queria, mas funcionou. Meu mundo chama-se Emoto. Não está unido fisicamente a Khom. Pertence ao que nós chamamos de um "universo paralelo". Nós vibramos em outra dimensão. Há muito temos conhecimento da teoria de transporte para outros universos, mas não conseguíamos viabilizar esse transporte. O cubo foi construído para ser a porta de dimensão entre os universos. Ele é único. No teste inicial houve alguma sobrecarga e perdeu-se o controle. Felizmente ele veio comigo. Este protótipo tem múltiplas finalidades.

— Vá mais devagar — pediu Tiar.

— Claro. Perdão. Acredito que será mais fácil se vocês me fizerem perguntas. Assim como farei as minhas no momento certo.

— Primeiro — disse Molinar —, explique como alguém tão jovem como você já tem tanto conhecimento.

— Na verdade não sou jovem. Devo parecer jovem pelos seus padrões. Tenho dezessete anos. Somos adultos desde os seis, e a vida útil se encerra aos vinte e cinco. Provavelmente, devido à diferença orbital, um ano dos nossos deve durar muitos dos seus. Além disso, temos uma medicina muito avançada, que retarda o envelhecimento das células. Vocês sabem o que são células?

— Não — responderam os quatro em coro.

Nirkis sentiu que a comunicação ia ser difícil. Tinha que moderar o vocabulário e acalmar o raciocínio.

— Seu nome é Nirkis, já sabemos — afirmou Tiar. — Mas qual é a sua profissão em seu mundo?

"Pergunta difícil de responder", pensou Nirkis.

— Sou um compilador. Uma pessoa na minha função tem todo, ou quase todo o conhecimento do meu povo. É como se aqui houvesse alguns de vocês com o conhecimento dos magos, dos alquimistas, dos iodrás. Embora eu ainda não saiba muito bem o significado de cada uma dessas profissões, os compiladores fazem Emoto evoluir.

— É muito poder para uma pessoa só — comentou Bião.

— No meu mundo, há muito desistimos de lutar pelo poder. Todos têm tudo e tudo é de todos. Ser compilador não é um prazer, é uma obrigação. Os compiladores são designados na infância pela sua capacidade intelectual inata. Exceto os compiladores, em Emoto cada um trabalha no que quer. Por prazer. Por exemplo, nós temos minas, de onde extraímos matéria básica. Uma das maiores diversões em Emoto é manejar as escavadeiras subterrâneas. São máquinas rústicas e pesadas. Há jogos em que equipes disputam a qualidade e a quantidade do material extraído. Dá calos nas mãos, mas todos adoram.

— Os compiladores também? — perguntou Bião.

— Os compiladores não têm tempo. Nossa obrigação é a pesquisa. Daí tiramos nossa satisfação.

— E vocês extraem cristais com essas máquinas violentas? — assustou-se Tiar.

— Não. Aliás, foi bom você tocar nesse assunto. Até agora, uma das poucas coisas em comum que vi entre Emoto e Khom são os cristais. Mas, me parece, usados de maneira diferente. Aqui vocês me explicaram que é por meio do que vocês chamam de magia.

— Energização — corrigiu Molinar —, feita pelos iodrás.

— Ou isso — completou Nirkis. — Em Emoto os cristais são usados em, digamos, máquinas, instrumentos de cálculo e pesquisa, dentro de aparelhos grandes e pequenos, do cotidiano ou não. O que interessa é que são tão importantes como aqui, mas utilizados de maneira diferente.

— E como vocês os extraem? — insistiu Tiar.

— Em Emoto não há cristais. Nós os extraímos de uma lua de Emoto: a Quartzo. Essa lua toda é um cristal.

— O que é lua? — quis saber Bião.

Outra vez o problema com astronomia. Nirkis buscou nova exemplificação. Agora tinha sua memória de volta.

— Vocês têm sóis aqui. Eles, como vocês dizem, passeiam pelo céu de Khom de dia. À noite não aparecem bolas no céu?

— Não — estranhou Tiar. — Só os anéis espiralados.

— O que é isso? — surpreendeu-se Nirkis.

— São espirais que passeiam no céu à noite, ora brilhantes, ora foscos.

Nirkis não entendeu muito bem. Precisaria estudar isso. Seriam as espirais um conjunto de asteroides girando ao redor de Khom? Mas por que ora brilhantes, ora foscos? Decidiu deixar os anéis para depois.

— Assim como vocês têm sóis de dia, em Emoto nós temos bolas brilhantes que passeiam no céu à noite. Uma delas é Quartzo.

— E de que tamanho é? — quis saber Bião.

— Não tenho certeza pelas medidas de vocês, mas é maior do que Khom.

Os quatro ficaram espantados. Uma bola de cristal maior do que Khom flutuando no céu à noite! Era mais do que podiam imaginar.

— E como vocês chegam até lá? — perguntou Tiar.

— Assim como Molinar pode levitar sozinho, nós também podemos, com a ajuda de aparelhos. Dentro dessas máquinas nós voamos até Quartzo.

Rast, que até agora não havia aberto a boca, deu o toque de humor à conversa.

— É por isso que vocês não envelhecem, têm máquinas pra fazer tudo.

Todos riram. Molinar percebeu o destino naquele encontro.

— E por que — inquiriu o mago — você escolheu justo Khom para visitar?

— Não escolhi, foi um acidente, já disse. Tanto que fui dar em outro lugar que não sei onde é: o da neblina. Felizmente, o cubo veio comigo. Com ele posso voltar a Emoto.

— E fará isso? — perguntou Molinar.

Houve um silêncio significativo. Nirkis e Molinar olhavam-se. Havia curiosidade nas palavras do mago, mas também um certo tom de pedido. Pedido de ajuda. Nirkis percebeu. E nesse instante soube exatamente o que fazer.

— Sim, Molinar, eu vou voltar a Emoto. Mas não para ficar. Só vou apanhar algumas coisas de que necessito, e volto. Entendo a situação, e quero ajudar. Assim como quero aprender em Khom.

Molinar adiantou-se, pôs as mãos nos ombros de Nirkis e disse, emocionado:

— Sei que poderemos nos ensinar mutuamente.

Para Bião, Tiar e Rast, que observavam a cena, ficou claro que começava ali uma forte amizade. Uma amizade de poderes diferentes, curiosos um com o outro. Ansiosos pela troca construtiva.

Nem imaginavam que aquela união um dia faria parte da história de Khom.

Naquele dia o grande alimento atrasou. Os sóis já tinham há muito passado do pino quando sentiram fome. E o primeiro a reclamar, é claro, foi Rast. Tiar, meio a contragosto, foi para a cozinha, pois os outros continuaram conversando. Principalmente Nirkis e Molinar. Rast acabou indo para a cozinha também. Muito do que se conversava era para ele incompreensível. Preferiu conferir a culinária de Tiar. Já Bião acompanhava bem o debate. Foi dele a observação que mais impressionou Nirkis até ali. O compilador de Emoto descrevia sua experiência com o poenor prateado. Ficara impressionado como ele captara seus pensamentos e viera ajudá-lo. Telepatia era apenas uma teoria em Emoto, mas ali em Khom até alguns animais eram telepatas. Nesse momento Bião observou:

— Mas a telepatia existe em duas formas: natural ou aprendida.

O compilador espantou-se.

— Como? Quer dizer que qualquer um pode adquirir essa faculdade?

— Sim — explicou Molinar —, desde que o mestre seja competente e o aluno aplicado. É claro que, em geral, não se ensina a qualquer um.

— Nem mesmo a mim? — quis saber Nirkis.

— Veja bem — observou Bião —, eu mesmo nunca aprendi. Não foi do meu interesse nem é normal na minha profissão.

— Só os magos e iodrás aprendem — completou Molinar. — Mas há seres do Mal sem escrúpulos que ensinam aos seus discípulos.

— E sobre a telepatia natural? — perguntou Nirkis.

— Normalmente são animais que a têm — explicou Molinar. — O poenor é um, o unicórnio é outro. Os dragões também.

— Os dra...

Nirkis nem conseguiu terminar a palavra.

— Você sabe o que são dragões? — perguntou Molinar, sorrindo.

— Sim — respondeu o compilador. — Mas isso é mitologia.

— É o quê? — confundiu-se Bião.

— Mitologia é a ciência que estuda, entre outras coisas, seres fantásticos criados pela imaginação. Dragões são criaturas inventadas, não existem. É delírio primitivo.

— Ah, é? — ironizou Bião. — E o unicórnio que você conheceu, era só imaginação?

Nirkis ficou embasbacado. Se o unicórnio existia, os dragões também eram possíveis. Então tudo o que aprendera sobre mitologia na Informal de História poderia ser real em Khom! Insistiu com Molinar e Bião sobre todos os seres fantásticos. E estes satisfizeram sua curiosidade. Foi uma desfiada de monstros como Nirkis jamais imaginou.

Tomaram o grande alimento, veio a noite, e a conversa não parava. Já era quase hora do último alimento quando Molinar trouxe todos à realidade.

— Amigos, creio que estamos a par da situação em Khom. Muito já foi dito hoje a Nirkis, e muito ele falou de Emoto. É hora de preparar o prosseguimento da nossa jornada. Sabemos que o elemental está nas minas, e para lá devemos ir. Há outros problemas no país, mas este é urgente. Sei que Rast irá comigo. Preciso saber agora se posso contar com vocês, Bião e Tiar.

Os dois alquimistas se entreolharam. Uma excitação percorreu seus corpos como há muito tempo não sentiam. Voltaram-se para Molinar e disseram em coro:

— Sim.

O mago dirigiu-se a Nirkis.

— Compilador, o convite também é feito a você. Se está curioso com o país de Khom, acompanhar-nos será a melhor forma de conhecê-lo. Deve, no entanto, estar ciente dos perigos que correrá. Conhece os problemas e ninguém vai enganá-lo: poderá não voltar.

Nirkis nem pensou.

— Eu não perderia isso por nada.

— Ótimo — disse o mago. — Partiremos amanhã com os sóis.

— Um último detalhe — completou Nirkis. — Agora que recuperei a memória, sei operar o cubo, preciso voltar a Emoto para informar minha posição, pedir permissão para a pesquisa e reunir alguma aparelhagem que vou precisar aqui.

— Estará de volta amanhã cedo? — perguntou Molinar.

— Sem dúvida — respondeu Nirkis, sorrindo. — Até um pouco antes.

Foram todos para fora observar a partida. Nirkis colocou a plaqueta no chão e sem perder tempo foi dando as ordens em sequência:

— Padrão escolha. Tamanho passagem. Abro porta. Destino Emoto.

Em seguida entrou pela parede branca do cubo. Todos acharam um pouco estranho, afinal ele nem se despediu. Mas como era um estrangeiro, talvez seus costumes fossem outros. Viraram-se para entrar no tronco, mas ouviram novamente a voz de Nirkis.

— Pronto, podemos dormir.

Viraram-se outra vez e deram com o compilador todo vestido de branco, com uma roupa apertada muito estranha, na qual havia vários apetrechos colados.

— Mas, como? — assustou-se Bião. — Você acabou de entrar!

— É — disse Nirkis rindo muito —, mas passei uma semana lá.

Dessa vez até o queixo de Molinar caiu.

Ele era duro, acostumado às asperezas da vida. Mesmo assim emocionou-se ao ver suas cinco esposas olhando sua partida. Quietas. Nem um músculo de seus rostos se movia. Eram cinco estátuas na varanda com os sóis nascendo por trás. Votorus estranhou-se. Estaria ficando velho? Amolecendo? Aquele não era o momento para isso. Adquirindo a autoridade dos cavaleiros da Pirâmide Encerrada, disse apenas uma palavra:

— Entrem.

Foi obedecido. Não havia tempo para discussões, e elas sabiam disso. Mas Votorus tinha consciência que aquela ordem era mais para si próprio, para seu autofortalecimento no começo daquela missão. Segurança: nunca lhe faltou e não lhe faltaria agora.

Soltou Ssar e Vess, as triatocamuns escolhidas, e montou. Seguiram rumo a sudoeste, em direção ao conglomerado Amestar, onde começava a cadeia de montanhas do mesmo nome. A entrada para as minas ficava na parte sul. Votorus optou pelo caminho mais rápido: o que atravessava a cadeia. Seria mais isolado, mas nem por isso menos perigoso. Esse trecho das montanhas era habitado por seres de várias qualidades, geralmente solitários ou em casais. Além das feras, apenas os purentins viviam ali. Seriam o único problema real para Votorus naquele caminho. Esses pequenos monstros viviam agarrados às pedras da montanha. Tinham a cor e a dureza das rochas. Costumavam saltar de uma pedra a outra, tentando acertar na trajetória o viajante distraído. Era como levar uma pedrada de vinte quilos com muita velocidade. Geralmente um só impacto matava. Não havia defesa. A não ser distingui-los entre as pedras e evitar a aproximação. Não se sabe por que eles faziam isso, já que se alimentavam exclusivamente de terra. Parecia maldade pura. Por isso, Votorus ordenou às triatocamuns que caminhassem lado a lado com o unicórnio. Elas nunca saberiam evitar um purentim.

Seria necessário um dia de viagem até a entrada das minas. Votorus planejou chegar ao anoitecer e acampar antes de entrar. Poderia, assim, sondar a situação e, quem sabe, encontrar algum grotar ou iodrá para colher mais informações. Pensou nos alquimistas e em Nirkis. Com sorte, após resolver, ou, pelo menos, tentar resolver o problema das minas, tornaria a vê-los de passagem para Uni-Khom.

Durante esses pensamentos foi alertado pelo sibilar das triatocamuns. Parou. Ssar e Vess olhavam fixas para uma parede de pedra logo à frente. Votorus não viu nada. Por precaução abaixou a viseira e levantou o escudo. Nem pela lente implantada por dentro do elmo distinguiu alguma coisa. Avançou. Os répteis ficaram mais excitados, mas não aparentavam raiva. A poucos metros, Votorus parou. Não havia nada ali, só o paredão de pedra. Por segurança, armou a balestra e disparou contra a parede. A flecha sumiu pela pedra como se ela não existisse. "Ilusão", pensou

Votorus, "característica dos...", e ouviu uma gargalhada. A parede em frente sumiu, revelando a continuação do caminho. Sua flecha estava lá, caída no chão.

Votorus riu, e não hesitou.

— Permissão para passar, amigos borm.

Ouviu-se uma voz.

— Permissão concedida, amigo cavaleiro da Pirâmide Encerrada.

— Lembranças ao Khom-borm — gritou Votorus.

— Serão dadas. Sucesso contra o elemental. Estamos em tudo, tudo somos nós.

Sorte aquele encontro com os borm. Até as triatocamuns ficaram alegres. O unicórnio relinchou alto, saudando-os.

Os borm.

Seres de poderes inexplicáveis, donos de todos os caminhos de Khom. Podiam abrir ou fechar qualquer passagem do país. Nunca foram vistos, mas estavam em todo lugar. Tinham o poder de saber tudo em qualquer momento, e de identificar as boas e as más intenções. Encontrá-los significava ajuda na jornada. Votorus sabia que eles o acompanhariam. Sentiu-se mais leve, e avançou. Agora, auxiliado pelos borm, o guerreiro revestiu-se de mais ânimo.

O elemental que se cuidasse.

Na noite anterior, Nirkis havia ficado um bom tempo tentando explicar aos quatro as utilidades dos aparelhos que trouxera. Molinar impressionou-se por alguns deles, e julgou outros desnecessários. Ou, pelo menos, desnecessários para eles, habitantes de Khom. Na verdade, a maioria apenas compensava as habilidades que já tinham, como o tal comunicador, que permitia falar à distância. De que adiantava para quem já tinha telepatia? Ou a unidade solitária antigravitacional, que permitia o voo, para quem, no mínimo, já levitava? Novidade mesmo era o Floc, que, segundo Nirkis, significava feixe de luz organizada em curvatura. Era a única arma que havia trazido. Permitia atirar um raio com grande poder perfurador em qualquer direção e fazendo linha curvada. Poderia acertar um alvo dobrando uma esquina, ou desviando-se de obstáculos. Tiar ficou curioso com a alimentação trazida de Emoto. Nirkis chamava-os de "tabletes de suporte de vida". Apenas um sustentaria um homem por um dia inteiro. Muito estranho. Rast observou o tamanho dos aparelhos do compilador: bem pequenos para as funções que exerciam. Isso era bom. Fáceis de carregar. E ainda havia um sistema que os colava à roupa que ele usava. Muito prático. Bião interessou-se pela própria roupa. Aderente ao corpo, era de um material muito leve, mas extremamente resistente. Segundo Nirkis, ela se adaptava ao calor do corpo, aquecendo-o se fazia frio, ou refrigerando-o se o tempo esquentava. Na verdade todos queriam demonstrações, como verdadeiras crianças. Mas Nirkis lembrou que já era tarde e teriam que partir cedo. Prometeu que durante a jornada até as minas explicaria e mostraria tudo.

Quando os sóis nasceram, o grupo já estava saindo do bosque de Tegalfa, e caminhava pelas pastagens em direção ao sul. Dali já viam à frente o conglomerado Amestar. Decidiram não o atravessar, era íngreme e seria muito cansativo. Rodeá-lo seria mais fácil, e consumiria o mesmo tempo. Iam a pé, já que somente Molinar tinha cavalo. Este ia sendo puxado por Rast, que se afeiçoara muito a ele após o incidente com a capa. Decidiram chegar à entrada para as minas naquela noite. Por isso não acampariam, comendo enquanto prosseguiam. Seria desgastante, mas a urgência o exigia. Molinar e Nirkis iam à frente, conversando sem parar. Bião e Tiar logo atrás, como sempre discutindo por causa de alguma fórmula. Fechando o grupo, Rast e o cavalo.

Com toda a polidez que lhe era peculiar, Molinar criticou a necessidade de alguns dos aparelhos que Nirkis transportava. Ele replicou, dizendo que apenas serviam para ampliar seus recursos naturais. O mago disse preferir suas habilidades pessoais. Nirkis argumentou que elas levavam muito tempo para serem adquiridas, enquanto seus dispositivos eram de fácil aprendizado e manuseio. E fez uma proposta. Poderiam ganhar tempo e chegar mais rápido às minas. O cavalo transportaria Rast, Bião e Tiar, já que eram pequenos e leves. Ele e Molinar voariam. Na verdade o compilador fazia um construtivo desafio ao mago. Molinar aceitou e a ideia foi repassada aos outros. Os três montaram, Molinar flutuou e Nirkis acionou sua unidade antigravitacional. Se houvesse um observador pelo caminho, ia achar a cena muito inusitada: um cavalo branco, montado por três seres pequenos e cheios de bugigangas, e flutuando à frente, um ser verde e outro, loiro, vestidos de branco. O grupo chamava a atenção.

Realmente, o ritmo aumentou. Agora, chegariam ao cair da noite. Como estavam sozinhos naquela imensa pastagem, conversavam animados. Inclusive pararam para o grande alimento, já que iam mais rápido. Quando se preparavam para retomar o caminho, Bião virou-se para Nirkis.

— Um momento — disse o alquimista —, tenho uma dúvida. Se você vem de outro tempo, outra terra, que você chama de um universo paralelo, como falamos a mesma língua?

Nirkis não soube o que dizer. Ficou parado, olhando o chão, como se tentasse achar a resposta na terra de Khom.

— Não sei — disse, afinal. — Esse é um mistério que temos que desvendar. Não tenho a menor ideia de como explicá-lo.

Retomaram a jornada. Agora iam em silêncio. Aquela pergunta de Bião ficou ecoando em todas as cabeças do grupo. Falar a mesma língua significaria ter uma origem comum? Se assim fosse, os cristais não seriam apenas uma coincidência. Seriam, sim, uma identidade entre Emoto e Khom.

Os sóis desapareceram atrás da última montanha a oeste. Votorus vencia os últimos metros de uma vertente íngreme. Estava quase na entrada principal para as minas, e já em alerta. Não sabia o que iria encontrar ali. Grotars? Mirrirs? Iodrás? Ou o elemental? Ordenou às triatocamuns que caminhassem à frente e preparou-se. O silêncio era absoluto. Os anéis espiralados mantinham seus lados foscos voltados para Khom, e a noite estava escura. Quase na entrada, Ssar e Vess pararam e elevaram-se nas patas traseiras, indicando outras presenças. Votorus ouviu vozes. Conversavam baixo. Apeou do unicórnio e ordenou que se tornasse invisível. Ultrapassou as triatocamuns e aproximou-se. Viu vultos movimentando-se. Mesmo através da lente não distinguiu quem eram. Fez um sinal aos répteis e estes ficaram ao seu lado. Com cautela, deu mais um passo, quase saindo na clareira que ficava ao redor da entrada da mina. Um dos que se movimentavam parou, e parecia olhar em sua direção. O guerreiro voltou a abaixar-se. Ordenou a Vess que avançasse um pouco. Mal o réptil se moveu, o ser elevou-se no ar com um grito:

— Intruso!

De cima, um facho de luz inundou toda a clareira. Votorus ficou de pé e preparou-se para o combate, mostrando-se por inteiro. As triatocamuns saltaram para a frente, e já iam atacar os outros seres quando se ouviu uma voz:

— Não, Votorus, somos nós, sou Bião!

Imediatamente o guerreiro gritou:

— Ssar e Vess, parem!

Por dentro do elmo abriu um grande sorriso. Ali na sua frente estavam parados Bião, Tiar e Nirkis, com cara de apavorados, olhando para as triatocamuns. Atrás deles, um desconhecido de capa cinzenta descarregava um cavalo branco. Votorus levantou a cabeça e viu um ser verde flutuando com os braços levantados.

Bião foi o primeiro a recuperar-se.

— Molinar, pode descer. É nosso amigo Votorus, cavaleiro da Pirâmide Encerrada.

O mago desceu aos poucos, mantendo ainda o ambiente iluminado. Para alívio geral, o guerreiro ordenou às triatocamuns que recuassem e tirou o elmo. Tiar cumprimentou-o e aproveitou para fazer as apresentações.

— Votorus, que prazer vê-lo aqui. Estes são Molinar e Rast.

Após os cumprimentos, quiseram saber o motivo da sua presença ali, já que tencionava voltar a Uni-Khom, passando por

Pen-Khom, para levar informações aos iodrás e a Vitir. Votorus contou sobre a luta com os dragões e a mensagem do prefeito, ordenando sua vinda até ali para a luta com o elemental. Por sua vez, foi informado do encontro com o mago e o ladrão, e da recuperação da memória de Nirkis. Como todos, ficou curioso com sua nova roupa e o instrumental. Soube também que haviam chegado pouco antes dele, não encontrando ninguém.

— Aqui deveria estar a patrulha de grotars — comentou.

— Sim — concordou Molinar. — O estrago que o elemental está causando lá dentro deve ser grande. Imagino o porte da batalha que se trava no interior!

— Sei que está curioso comigo — disse Nirkis —, mas temos que resolver se vamos entrar agora ou esperar o amanhecer.

— Antes de mais nada — interrompeu Molinar —, é preciso que tenhamos consciência de que aqui começa a luta por Khom. É a última chance de alguém desistir. Estamos todos nessa missão?

O silêncio foi absoluto. Molinar concluiu:

— Então, temos um grupo.

Naquela luz mágica que já começava a dispersar-se, o brilho de todos os olhos se unia em um sim.

O mago continuou.

— E os que estiverem de acordo para que entremos agora, levantem o braço.

Seis braços foram erguidos como se puxados por uma mola.

— Ótimo — alegrou-se Molinar. — Vamos fazer os preparativos e entrar.

O cavalo e o unicórnio foram escondidos ali perto e as duas triatocamuns designadas para guardá-los. Parte dos mantimentos e do material foi deixado com eles. Organizou-se a ordem de caminhada com Votorus à frente, seguido de Molinar, Bião, Nirkis, Tiar e Rast. Surgiu o problema da iluminação, mas Nirkis havia trazido um holofote semiesférico, que colocou em sua cabeça. Iluminava em todas as direções com alcance de uns vinte metros. Foi perfeito, pois Molinar não poderia ficar iluminando todo o tempo. Precisaria guardar a concentração para a batalha.

Na entrada da mina foram ditas algumas palavras em louvor aos deuses de Khom. Formou-se a ordem e todos se olharam. Acesa a luz, brilhou em seus rostos um sorriso.

Como se movidos por uma ordem invisível e superior, entraram.

♍

Em outras circunstâncias, suas presenças ali seriam consideradas como profanação. Salvo os iodrás e os mirrirs — habitantes naturais das cavernas —, ninguém entrava nas minas. Às vezes, um ou outro grotar recebia permissão para tanto, se houvesse lotes de cristais difíceis de carregar. Nem os magos de Khom desobedeciam às leis do cristal. Mas lá estavam eles, justificados pelo sagrado da missão.

Logo na entrada, percebia-se a grandeza do lugar. Havia vários salões em sucessão, interligados por corredores bem mais altos do que o próprio Votorus. As paredes lisas e escuras indicavam que as rochas de cristais estavam bem mais abaixo. Molinar lembrou-se de uma das instruções de Oot: "Quando a caverna brilhar, aí estarão os cristais; e aí estará também o elemental".

Chegaram a um salão com os primeiros vestígios da cultura iodrá: livros, papiros, recipientes de vidro e algum alimento. Tudo intacto. Em frente havia a primeira grande bifurcação. Rast identificou conjuntos de pegadas em direção ao túnel da esquerda. Segundo ele, eram de iodrás e grotars. E parecia que corriam. Sem pausa, seguiram por esse caminho.

Após um bom tempo, que Nirkis calculou em duas horas, resolveram parar e tomar o último alimento. A pressa não permitiria sono naquela noite, mas era preciso recuperar as forças. Sem fogo, Tiar preparou uma alimentação leve. Apenas Nirkis não comeu. Preferiu um tablete. Todos ficaram com desejo de experimentar, mas naquelas circunstâncias optaram por algo mais familiar.

Seguiram a trilha das pegadas por mais duas horas. Chegando a um imenso salão oval, toparam com os primeiros sinais de confusão. Nesse salão provavelmente eram feitas as embalagens de tecido para acomodar os cristais que seriam transportados para Pen-Khom. Tudo estava remexido e jogado pelo chão. A mesa, posicionada no centro do salão, estava dividida em duas. Sinal de ataque com raio. Vasculhado o ambiente, não foi achada uma única pedra. Mas Rast, com suas habilidades, encontrou no meio dos panos um punhal quebrado. Pertencia a um grotar. Todos pensaram a mesma coisa: como deveria ser duro o corpo do elemental. Nirkis resolveu tirar uma dúvida que tinha desde a entrada:

— Quando o encontrarmos, como vamos destruí-lo?

— A estratégia — explicou Molinar — deverá ser articulada pouco antes. Não só precisamos de mais informações sobre seu poder, como pode ser mais de um. Os sinais, é preciso estar atento aos sinais.

Retomaram a caminhada.

Após mais uma hora, chegaram a uma escada em espiral ladeada por um poço cheio de cabos e roldanas, provavelmente utilizados para erguer as pedras maiores. Ali, os primeiros sinais dos mirrirs: uma pequena escadinha que dava em uma cestinha, pela qual eram içados sempre que necessário. Pelas dimensões da cestinha — em que deveriam caber cinco ou seis —, Nirkis imaginou seus tamanhos. Como eram pequenos. A variedade de seres em Khom fascinava o compilador, cada vez mais convencido de que acertara na decisão de pesquisar aquele mundo.

Desceram pela escada e, lá embaixo, a primeira cena de horror: corpos de grotars mutilados indicavam que a luta havia sido feroz ali. Felizmente, ainda nenhum iodrá ou mirrir. À frente, a segunda grande bifurcação. As pegadas diminuíram, mas não o suficiente para confundir Rast. Seguiram pela passagem da esquerda. Nem bem caminharam alguns metros quando deram em um salão imenso e irregular. E lá estavam elas, as paredes brilhantes. Por um instante todos ficaram hipnotizados pelo brilho das pedras. Havia cristais por todos os lados. Mas também algo de assustador: os rombos nas paredes, obviamente resultado dos raios do elemental. Os mirrirs nunca trabalhariam assim. Pelo visto o monstro escolhia muito bem os cristais que queria, pois havia vários deles espalhados pelo chão. Cores, formas e tamanhos dos mais variados. Drusas inteiras jogadas pelos cantos. Rast apanhou uma, admirado pela quantidade de cristais nela ainda incrustados. Fez menção de guardá-la, mas recebeu um olhar fulminante de Molinar. Devolveu-a ao chão. Agora era fácil o caminho, bastava seguir a trilha de pedras.

Mais algumas horas e o grupo começou a dar sinais de cansaço. Principalmente os alquimistas, que tropeçavam a toda hora. Molinar sugeriu que dormissem um pouco. Foram escalados os turnos de guarda e armado um pequeno acampamento. Votorus faria o primeiro turno sozinho.

Enquanto os outros dormiam, o guerreiro pensou que ali, debaixo da terra de Khom, o inimigo roubava a fonte de energia de sua querida Pirâmide.

Crescia em seu peito o ódio esquecido pelos anos sem luta.

♓

O período de descanso foi curto, mas suficiente para reacender o grupo. Calculou-se que, na superfície, os sóis deveriam estar nascendo. Nada aconteceu durante as guardas.

Seguiram a trilha de cristais espalhados. Rast observou que junto às pedras havia pegadas de iodrás e grotars, mas nada que se parecesse com uma pegada de elemental. Cada um ficou imaginando como o monstro se deslocaria. Aproveitando, Molinar explicou ao grupo, como já havia feito a Rast, detalhes sobre esses seres e seus possíveis senhores.

Percorridas três horas de caminhada, chegaram a um amontoado de terra que bloqueava a passagem. Todos começaram a desembaraçar-se de seus apetrechos para começar a cavar. Molinar riu e disse que não era preciso. Virou-se para a parede da esquerda e emitiu um som em direção a um cristal negro nela incrustado. Toda a terra desceu pela lateral da caverna, abrindo o caminho. Explicou:

— É para intrusos que consigam chegar até aqui.

— E se o intruso começasse a cavar? — perguntou Tiar.

— Rolaria pela lateral com a terra.

— Para onde?

— Não sei.

Seguiram em frente.

Pouco adiante chegaram à terceira grande bifurcação. A trilha de cristais também se dividia em duas. Todos pararam e ficaram olhando para o mago, esperando uma decisão. Este, sem titubear, definiu:

— Pela esquerda.

— Como pode saber? — perguntou Bião. — Não há indícios e as pedras vão para todos os lados.

— É simples — explicou Molinar. — A passagem da direita vai para a pedra oca do bosque de Tegalfa, e a da esquerda para a pedra da floresta. Como o elemental já passou pela pedra do bosque, só pode estar indo para a da floresta.

Ouviu-se um som de "huuummmmmm", misto de elogio e galhofa. Todos riram. Fazia bem relaxar um pouco.

Naquela mina em direção à pedra oca da floresta de Tegalfa, havia algo diferente. Já caminhavam há umas três horas e tudo continuava igual. Os cristais pelas paredes, pelo chão, silêncio, mas todos sentiam algo novo. O primeiro que não se conteve foi Rast.

— Tem alguma coisa estranha por aqui.

— Sshh! — ordenou o mago. — Os mirrirs estão nos observando. Vamos seguir normalmente.

Foi o que fizeram, mas ninguém resistiu em dar uma ou outra olhada para as paredes na esperança de vê-los. Não conseguiram. Mais tarde Molinar explicaria que eles se escondem por trás dos cristais e observam através deles.

Pelo tempo decorrido, Bião calculou que deveriam estar por baixo do bosque que antecede a floresta em seu lado sul. Acima deviam ser vistos poenors nas pastagens e os sóis a pino. Era hora do grande alimento, e os estômagos já sabiam disso. Como tudo permanecia calmo, fizeram um círculo para poderem conversar melhor enquanto desfrutavam da comida de Tiar. A palestra ia solta quando, saído do nada, um pequenino mirrir veio andando e parou em frente a Molinar, olhando diretamente em seus olhos. Nirkis ficou fascinado. O mirrir não deveria ter mais do que cinco centímetros, mas vestia-se e andava como adulto. Tinha mesmo o corpo muito próximo do humano, exceto pelas orelhas pontiagudas. Ficou lá, parado, olhando Molinar com as mãozinhas cruzadas atrás, como se o estudasse. Após um tempo, voltou-se e saiu como se não tivesse mais ninguém ali. Com sua saída todos se voltaram para Molinar. Sentindo a pressão, o mago, sem parar de comer, traduziu:

— Veio dar explicações. Por telepatia, é claro. Felizmente é um só elemental. Os iodrás e grotars já desistiram de lutar; apenas acompanham seu rastro de destruição. Todos sabem que estamos aqui.

Não podemos deixar o monstro sair com os cristais. Já tenho a descrição de como é e de como ataca.

— E onde está? — perguntou Votorus.

— Logo ali à frente.

O guerreiro levantou-se de um salto, espalhando comida para todos os lados.

— Calma — disse Molinar —, vamos acabar de comer e, depois, planejar.

Votorus sentou-se novamente, mas não tocou na comida.

Este agora era o sentimento de todos: difícil comer tão próximo do inimigo.

♌

Os costumes, o cotidiano, os interesses. O passado, o presente, o futuro. Menos Nirkis, todos faziam parte de um todo. Um todo chamado Khom. Nirkis era uma parte agregada, estudioso de algo novo. E também ele, novo para eles. Nirkis era a possibilidade de uma aliança talvez salvadora. Aquele momento era crucial. No grupo representativo de Khom, Nirkis era o auxílio externo. Poderia haver a vitória ou a derrota. Motivos sobravam. O tempo curto deveria ser administrado para o triunfo do Bem. Havia o medo, mas também o prazer da luta.

Após o grande alimento, Molinar falou:

— O braço do poder. Vamos lutar contra o braço do poder do Mal: o elemental. O planejamento deve ser prático e simples. Não devemos somente destrui-lo, mas também retomar os cristais que estão dentro dele. Essas pedras não podem sair das minas. Temos que ter consciência de que os cristais são mais preciosos do que nossas vidas. Amigos, somos instrumentos do equilíbrio em Khom. Vamos à estratégia.

Durante meia hora foi discutido o esquema de ataque ao elemental. Sabia-se que era de cobre, material imune aos raios e ao calor. Armas físicas também não lhe ofereciam danos. Tinha que ser vencido pela inteligência. Não com palavras ou intenções telepáticas, mas com ações não previstas por quem o criou. Todas as atenções se voltaram para Nirkis, que poderia aparecer com algo novo. Mas, por enquanto, a única arma que ele possuía era o Floc. Muito pouco. Decepção. Pela primeira vez Bião falou do congelamento do fogo. Também era inútil nesse caso. Outra decepção. Molinar lembrou que o elemental era o monstro transportador dos cristais para o líder do Mal. Ora, se os cristais armazenavam energia, o elemental também, e portanto deveria ser sugado. Nesse processo, sua destruição poderia liberar os cristais armazenados em seu interior. Uma jogada perigosa, mas necessária.

Nirkis surpreendeu-se, pois era um raciocínio lógico demais para aqueles seres que ele considerava primitivos. Sua opinião cada vez mais abandonava o racional. De qualquer forma, para todos a aventura não tinha preço. Era necessário crescer.

Após muitas divergências, a estratégia fixou-se no seguinte: levando-se em conta que o elemental dependia de energia externa, seu poder deveria ser sugado cortando-se as relações com o exterior. Resultado: o elemental deveria ser desenergizado. Molinar, imbuído da sabedoria dos magos e iodrás, propôs:

— É preciso distrai-lo, fazendo com que utilize sua força numa luta física, de modo a impossibilitar sua concentração para a magia. Temos nós, os imaterializadores, que sugá-lo. Eu, Bião e Tiar.

A responsabilidade assumida era clara e indiscutível. Portanto, caberia aos materializadores, Votorus e Rast, distrai-lo. Mas como? E que papel caberia a Nirkis? Foi o próprio quem trouxe a solução.

— Viremos por detrás do monstro com o cubo. Criarei o efeito camuflagem às suas costas. Votorus e Rast atacarão com suas armas. Eu também, com o Floc. Enquanto isso, vocês tentarão sugar sua energia.

— É pouco — disse Molinar. — Se tudo falhar, ele nos torrará com os raios, pois terá tempo de concentração para a magia.

— Então — argumentou Nirkis —, só sobrará uma solução: eu o enviarei no cubo em um envolvimento que o dissipará num universo morto, como o da neblina.

— Mas isso significará sua eterna permanência aqui — replicou Bião.

— No meu mundo, Emoto, estamos aprisionados pela rotina. Sou privilegiado pela possibilidade de experimentar.

Votorus, que se mantinha distante, apenas pensando na luta, nesse momento compreendeu a escolha: não havia o fracasso ou o sucesso, havia apenas o acreditar. Naquele instante, o importante era Khom. Não era possível julgar, os meios justificavam os fins. O guerreiro foi objetivo:

— Se o compilador propôs-se a ajudar Khom, terá que arriscar o sacrifício. Não sei quanto a vocês, mas meu sangue ferve nas veias, e estou pouco ligando para problemas pessoais. Ou Nirkis está conosco, ou não está.

Os olhares convergiram para o estrangeiro, e a sua resposta foi clara:

— O objetivo vai ser alcançado. Já faço parte da estratégia. Meu material está à disposição.

O acampamento foi recolhido e não havia mais dúvidas: aquele grupo era um só corpo, composto de lógica e magia.

♦

Na mesma ordem de batalha, foram caminhando em direção ao elemental. A trilha de cristais era clara e não havia dúvidas quanto ao objetivo. Quinze minutos de percurso foram suficientes para ouvir o estardalhaço do trabalho maléfico do monstro. Era como se uma tempestade desabasse sobre as paredes da caverna. Antes do contato visual, Nirkis acionou o cubo e usou uma função inédita. Através do que ele chamou de óculo-penetrar, observou as cavernas ao redor em um raio de duzentos metros, estampadas em uma de suas faces. O monstro foi visto em seu contorno. Já Molinar, utilizando os paralelos de telepatia com os mirrirs, viu o elemental por inteiro. Inclusive a sua intenção. O mago sentiu-se enojado. O elemental "era" o Mal. E com grande poder! Molinar deduziu o óbvio. Se o elemental era tão forte, imagine seu dominador. Khom era precioso, e no monstro estava o início de sua possível decadência. Era muito cedo para isso. Nessa luta havia apenas o começo de uma evolução espiritual de seu povo. Os seres de Khom deveriam, a longo prazo, atingir o etéreo. E esse processo iniciava-se agora, conforme previsão dos iodrás. Nirkis não sabia, mas o objetivo dos seres conscientes de Khom era livrarem-se da carne; um processo já tentado pelos antigos. Não atingido, tornou-se uma herança respeitada e resguardada pela tradição. Agora seu início estava impedido, mas, ao mesmo tempo, detonado pelo trabalho do Mal.

O cubo, com Nirkis, Rast e Votorus, materializou-se atrás do elemental, e o guerreiro precipitou-se de encontro ao monstro. O ladrão saltou para um canto escuro e armou-se de adagas. De onde estava, Nirkis acionou o Floc, e um feixe de luz atingiu o monstro bem no centro, abrindo um círculo perfeito em sua couraça. Do outro lado, Molinar, Bião e Tiar tomavam suas posições.

Enfim, a batalha começava.

Aparentemente o orifício não incomodou o elemental. Votorus desferiu-lhe violento golpe de espada, mas ela causou pouco dano, além de permanecer cravada na couraça de cobre. Com um simples giro de tronco, o elemental acertou o tridente no peito de Votorus, que foi arremessado à distância e caiu desacordado. Simultaneamente, Molinar concentrava-se na extração da energia dos cristais do interior do elemental. Bião e Tiar preparavam-se para a defesa do mago. Quando o monstro virou-se, os alquimistas criaram uma parede de mármore, para refletir os raios do tridente. Foi questão de segundos. O elemental, sentindo sua energia básica sendo sugada, lançou um raio ao mago, e teve um retorno, direto de volta ao garfo. Foi o suficiente para este explodir, levando consigo o braço — se é que se podia chamar aquilo de braço — que o segurava. Aproveitando-se da confusão, Rast saltou sobre a criatura e cravou dois punhais no que parecia ser um retângulo pelo qual o monstro via. Cego e sem o tridente, o elemental debateu-se nas paredes da caverna, enquanto Molinar prosseguia em seu trabalho de desenergização. Aos poucos o colosso de cobre foi se aquietando até encostar em uma parede e escorregar para o chão, imobilizando-se. Bião e Tiar desfizeram a parede de mármore e correram até o monstro. Com suas pequenas mas eficientes adagas de diamantes, deceparam sua cabeça. Molinar caiu, exausto. De pé, atônito e abobalhado, estava Nirkis. Tudo fora claro para ele. O poder da matéria sobre a matéria. No entanto, além da ciência e da brutalidade, havia a magia, usada em sua plenitude de energia, para ele, desconhecida.

Permaneceu imóvel, como se nada mais tivesse importância na sua vida.

●

A primeira providência era cuidar de Votorus, serviço para Bião e Tiar, que já corriam ao seu encontro. A segunda era abrir rapidamente o elemental para liberar os cristais. Molinar sabia que era sua obrigação, mas estava cansado demais para mexer-se. Rast ficou olhando para ele sem saber o que fazer. Finalmente foi ao seu encontro e tentou levantá-lo, mas o mago não tinha forças nem para falar. Deitou-se e fechou os olhos. O ladrão chamou

Nirkis, mas este permaneceu parado olhando o monstro, hipnotizado. Rast foi até ele e precisou sacudi-lo para trazê-lo à realidade. Assustado, como se saísse de um pesadelo, o compilador começou a tremer e a falar ao mesmo tempo. Aos poucos foi se acalmando. Os alquimistas fizeram o desacordado Votorus beber uma poção de cura, e este recobrou a consciência. Em um salto pôs-se de pé, ainda no espírito da batalha. Ao ver o elemental caído, olhou os dois pequenos e abriu um sorriso, logo desfeito ao ver Molinar. Fez um sinal chamando todos e correu para o mago. Bebida a poção de cura, Molinar sentou-se. Mais tranquilo, o grupo olhou o monstro. Sentindo-se quase recuperado, Molinar ordenou:

— Vamos abri-lo. É preciso salvar os cristais.

Reunidos ao redor do elemental, todos esperavam a palavra do mago, indicando como deveria ser feita a operação, mas ele estava em dúvida.

— Não tenho ideia de como fazer isso — confessou. — E creio não termos muito tempo. Votorus, sua espada de luz. É a única solução.

O guerreiro ergueu a arma e todos afastaram-se. Quando o golpe ia ser desferido, ouviu-se uma voz:

— Vocês não vão encontrar nada aí.

Todos voltaram-se e viram um iodrá com um grupo de grotars atrás e vários mirrirs ao redor.

— Mestre — disse Molinar —, queremos retirar os cristais que o elemental engoliu.

— Não estão mais aí —, replicou o iodrá. — Continue, Votorus, abra o monstro em dois.

O guerreiro não pensou duas vezes. Estava com raiva e lutara pouco. Sua mão desceu como um peso de chumbo. De lado a lado a carcaça de cobre do elemental fendeu-se. Por dentro ele era oco. E não havia nada lá.

— Mas o que aconteceu? — assustou-se Molinar. — Onde estão os cristais?

O iodrá veio caminhando e explicando:

— Após um tempo, percebemos que a quantidade de cristais engolidos era muito grande, e não caberia em seu interior. O elemental era apenas um instrumento. Os cristais estavam sendo desmaterializados como uma digestão macabra e rematerializados em algum ponto de Khom. Agora, estão em poder do Mal.

Molinar sentou-se.

— Mas o trabalho de vocês foi importante — continuou o iodrá. — Agora devem se recuperar, pois a tarefa apenas começou. Em algum lugar de Khom está o objetivo principal. Descansem.

Os grotars e mirrirs aproximaram-se e armaram um pequeno acampamento.

Alegria e tristeza misturavam-se naquele momento. Poucas vezes na história de Khom, um grupo de luta recebeu tanto carinho por parte daqueles seres tão rudes.

Demoraram um pouco para acostumar-se com a luz. Aquele tempo passado nas minas, embora curto, foi intenso, e o grupo sentiu-se aliviado ao sair.

Na clareira que circundava a saída principal, iodrás e grotars já estavam em plena atividade. Os mirrirs mantinham-se enfurnados nas cavernas reorganizando tudo e contabilizando o prejuízo. Prejuízo evidentemente espiritual. Muito tempo seria necessário para pedir perdão aos cristais e informá-los do que havia acontecido. Sozinhas, as pedras não poderiam compreender aquela agressão, e não se permitiriam mais extrair se não fossem esclarecidas. Mesmo em Khom, poucos sabiam que os cristais têm alma e são seres sensíveis. Os imaterializadores sabiam: o mineral também tem direito à vida.

Era hora do grande alimento, e todos estavam felizes em comer ao ar livre. Principalmente Votorus, que com seu tamanho não se sentia nem um pouco à vontade nas minas. Enquanto Tiar cozinhava, Votorus e Rast foram buscar os animais, que estavam bem. Ao ver Molinar, o cavalo relinchou para o alto. Ninguém entendeu esse comportamento, mas todos olharam para cima. E lá estava: um dos sóis havia enegrecido e aumentado. Um tremor percorreu suas espinhas. Ficaram paralisados, sem ação. Nirkis, com sua estrangeira curiosidade, foi o primeiro a falar:

— Isso não é natural?

— Nunca havia acontecido — respondeu Molinar. — Pelo menos que eu saiba. Você, Bião, que é mais velho, já viu algo assim?

— Nem nos meus livros de história há citações sobre isso.

— Nosso inimigo é poderoso — concluiu o mago. — Vamos comer.

O grande alimento transcorreu em clima preocupado. Pouco se falou, e todos tinham em mente a mesma pergunta: e agora? Ao final, Molinar tomou a palavra.

— Amigos, é preciso voltar a Pen-Khom, informar aos iodrás os fatos ocorridos aqui e fazer consultas. Sua sabedoria guiará nossos passos. Devemos partir agora.

Rapidamente tudo foi recolhido. Em meia hora já estavam em marcha. Decidiram rodear o conglomerado Amestar e depois margear o bosque de Tegalfa em direção ao norte.

Em silêncio, o grupo deslocava-se, tendo as montanhas à sua direita e as pastagens à esquerda e à frente. Molinar pensava no rapto de seu mestre Ti, visto no espelho etéreo dos alquimistas. Será que o ataque atingira o templo? Como estaria Oot e que decisões teria ele em mente? Enquanto pensava em tais questões, foi surpreendido pela parada abrupta do cavalo, pois, após uma pequena curva da montanha, surgiu um abismo de rocha pura. Todos foram para a borda olhar. Não se via o fundo. Rast não se conteve.

— Mas como? Isso não estava aí quando viemos!

Votorus olhou para ele e compreendeu tudo. Deu uma imensa gargalhada, compatível com o seu tamanho. Do nada, de dentro da fenda, retornou outra gargalhada. Só que diferente, como um eco vivo.

— Permissão para passar, amigos borm — disse o guerreiro.

— Permissão concedida, amigo cavaleiro da Pirâmide Encerrada — devolveu uma voz.

O abismo desapareceu. Nirkis chegou a recuar, assustado. Se aquilo também era magia, seu respeito por essa arte só se fazia aumentar.

E a voz continuou:

— Bom trabalho, amigo guerreiro. Bom trabalho de todos. O primeiro passo foi dado. Muitos ainda virão antes de encontrarem a fusão: o epicentro do Mal.

— Onde está o epicentro? — perguntou o mago, agora já entendendo a situação.

— Ainda não — disse a voz. — Primeiro é preciso cortar seus braços.

— E o que devemos fazer? — insistiu Molinar.

— Entre vocês há um que apanha o que não é dele. Ele tem as primeiras respostas. É só.

— Lembranças ao Khom-borm — despediu-se Votorus.

— Serão dadas. Estamos em tudo, tudo somos nós.

E a voz calou-se. Todos os olhares convergiram para Rast, o ladrão. Sentindo-se pressionado, ele soltou a frase mais cínica que conseguiu encontrar:

— Do que é que eles estavam falando?

Ninguém riu.

— Rast — adiantou-se Molinar —, o que mais você roubou daquele armazém?

— Nada. Tudo o que eu peguei eu mostrei. Espere, o pergaminho!

De um bolso, retirou o pequeno pergaminho roubado do baú, escrito em língua ininteligível. Todos se precipitaram para olhar. Ao ser desenrolado, revelou uma escrita estranha, com letras jamais vistas. Menos para Bião e Tiar, que ficaram pálidos.

— O que foi? — perguntou Molinar. — O que está escrito?

— Amigos — disse Bião —, os borm tinham razão: nossas respostas estão aí.

Ordens. O que havia no pergaminho era um conjunto de ordens. Segundo Bião e Tiar, aquilo não era propriamente uma linguagem, mas sons em forma escrita. Um modelo de comunicação muito antigo, usado apenas por seres sem corpo, que não podiam exprimir-se materialmente. Aqueles sons, expressos no pergaminho em magâncio — assim se chamavam os caracteres —, eram usados pelos magos drokar. Era muito provável que eles tivessem recebido as ordens telepaticamente e transladaram-nas para magâncio. O seu conteúdo era assustador. Já que não eram nítidas verbalmente, apenas seu sentido deveria ser compreendido. Conforme o pergaminho, naqueles dias os magos negros deveriam anular seus opostos, ou seja, os magos da confraria branca, para que os cristais em poder do Mal iniciassem seu trabalho. Esse trabalho foi o que deixou os alquimistas pálidos. Consistiria em apagar os sóis de Khom, para que viesse o grande frio, transformando tudo em gelo. Finalizando, havia a assinatura do senhor que enviava as ordens: AT-VUN-DAR-PA.

Todos os olhares voltaram-se para o alto, como a confirmar o primeiro sol, já enegrecido.

— Os fatos começam a ser explicados — ponderou Molinar. — Por isso o rapto do velho Ti e o roubo dos cristais. Por isso o reaparecimento dos magos drokar. É cada vez mais urgente nosso retorno a Pen-Khom.

A marcha foi retomada com o dobro da velocidade. Uma energia infinita animava aqueles corações, agora mais conscientes de suas responsabilidades.

O trajeto até Pen-Khom transcorreu sem incidentes. Mas em apenas um dia, a temperatura já caíra. Sentia-se o vento mais cortante e o ar não tinha mais aquele brilho característico da iluminação poderosa dos sóis.

Na entrada da aldeia já se percebiam os estragos feitos pelo ataque. Cabanas despedaçadas e a ausência de habitantes. Sem se deter e guiados por Molinar, foram todos diretamente para o templo. Mas este não existia mais. Agora eram somente escombros, sobre os quais havia um grupo de iodrás sentado. Molinar, quase chorando, desceu do cavalo e correu ao encontro deles. No grupo, um iodrá levantou-se. Era Oot. Vendo Molinar, gritou:

— Pare! Não se aproxime!

Sem pensar o mago obedeceu. E Oot continuou:

— Estamos em prisão. Tudo o que podemos fazer é conversar.

— Não compreendo — retrucou Molinar.

— Atire uma pedra em nossa direção — ordenou o iodrá.

A pedra foi atirada e, antes que chegasse aos escombros, incendiou-se e explodiu.

— É uma barreira drokar — explicou Oot. — Não conseguiram nos destruir, pois a energia dos cristais do templo nos protegeu. Mas agora, nada entra e nada sai.

— Vou usar a esfera — indicou Molinar.

— Não — proibiu Oot. — Seu poder é concentrado, e a barreira é muito ampla.

— Mas, então... — assustou-se Molinar.

— É isso. Estamos presos para morrer.

O pequeno mago ajoelhou-se. Perder Ti e Oot quase simultaneamente era demais para ele. Todo o grupo correu ao seu encontro.

— Calma, Molinar — continuou Oot —, há muito estamos preparados para o fim. Vejo que reuniu um grupo para a luta. E se voltou é porque esteve nas minas. Informe-nos de tudo.

Bem que Molinar tentou, mas não conseguiu falar nada. Sua voz estava embargada e lágrimas corriam em suas faces. Bião adiantou-se e narrou aos iodrás tudo o que havia acontecido, inclusive o conteúdo do pergaminho.

— Foi um bom passo — felicitou Oot. — Agora, acampem aí onde estão. Passaremos a noite meditando e amanhã saberemos os caminhos que deverão seguir.

Sentou-se junto aos outros.

O grupo preparou-se para a noite. Molinar não participou do trabalho. Permaneceu quieto por um tempo e depois foi à cabana de Ti. Ela estava intacta. Os soldados nem se incomodaram em destruir seu interior. Molinar sentou-se à mesa e ficou olhando a lareira apagada, vazia de vida, exatamente como ele sentia-se naquele momento. Seu olhar percorreu o ambiente e sem querer fixou-se na lareira. Sentiu uma estranha vibração que o atraía para ela. Notou que as cinzas mexiam-se como se uma leve brisa soprasse de dentro para fora. Mas isso seria impossível, pois atrás estava a parede. Agachou-se à sua frente e ficou olhando. Vinda não se sabe de onde, uma vontade de entrar empurrou-o para dentro. Instintivamente protegeu-se com as mãos na parede. Mas esta cedeu e Molinar caiu em um lance de alguns degraus. Atrás dele a parede fechou-se. Apesar da faculdade de enxergar no escuro, Molinar não viu nada. "Deve ser magia", pensou. E lançou luz em todo o ambiente. Com um grito, Molinar sentou-se, de tão maravilhado que ficou. Ali, no porão do velho Ti, estava toda a sabedoria dos magos da confraria branca.

Pôs-se de pé num salto, pois sabia que estava prestes a ter o momento mais importante da sua vida.

O primeiro a dar falta de Molinar foi Votorus. A noite já havia chegado, e o último alimento preparado por Tiar. Estavam em seus afazeres quando o guerreiro percebeu que há algumas horas o pequeno mago havia sumido. Sentaram-se à beira do fogo e esperaram por um tempo. Impaciente, Votorus sugeriu que dessem uma busca. Sabiam que o sofrimento dele era grande, mas não era natural que ele se ausentasse sem comunicar. Talvez quisesse ficar sozinho para chorar a perda de seu mestre, mas teria avisado ao grupo.

Saíram em várias direções para procurá-lo, sempre dentro do perímetro da aldeia. Após pouco tempo — já que a aldeia era pequena —, retornaram. Começaram a preocupar-se. Rast sugeriu que procurassem o cavalo. Ele sempre ficava por perto do mago. Descobriram-no na porta da cabana de Ti. Votorus precipitou-se para entrar, mas foi barrado pelo cavalo que, sem atitude agressiva, demonstrou que não consentiria na passagem.

— Molinar deve estar aí — deduziu Bião. — E parece que não devemos nos intrometer.

Voltaram à fogueira e decidiram comer. Uma parte da refeição foi guardada para o pequeno mago, e o grupo preparou-se para dormir.

Todos se deitaram, mas ninguém pegou no sono. Mexiam-se de um lado para o outro, e parecia que a noite inquietava seus corações. Era um momento estranho.

Estava um pouco frio, mas nenhum vento soprava e não se ouvia ruído algum. Até os insetos estavam em silêncio naquela escuridão. Os anéis espiralados ainda mantinham seus lados foscos voltados para Khom, e o breu era total. Tiar sentou-se e disse baixinho para Bião:

— Não consigo dormir.

— Nem eu.

Aos poucos todos foram sentando-se e, sem saber o que estava acontecendo, tentavam olhar-se. Até Nirkis, que normalmente dormia como uma pedra e não tinha a intuição desenvolvida, pressentia algo.

Ouviu-se uma voz:

— Calma, amigos. — Era Oot falando dos escombros do templo. — A insônia de vocês é natural — continuou. — Toda a natureza parou em respeito a esta noite. É um momento muito especial. Haverá um renascer. Se não estivéssemos em situação tão crítica, Khom comemoraria a evolução de um de seus filhos. Enquanto o ato não terminar, vocês não dormirão. Ninguém dormirá por perto. Não se assustem se virem algo estranho ou incompreensível. Apenas maravilhem-se. E não se mexam, nem interfiram. Estrangeiro, você, que se chama Nirkis, se ainda tem dúvidas sobre os poderes da magia, terá grande oportunidade de dissipá-las.

E calou-se.

Na penumbra do fogo, Nirkis olhou para os outros e viu rostos tão interrogativos e curiosos quanto o seu.

Um bom tempo passou e nada aconteceu. Rast chegou até a deitar-se novamente, mesmo sem sono. Era como se a vida nas redondezas houvesse parado para presenciar algo de grandioso.

Votorus afiava sua espada numa pedra quando começou: para os lados da cabana de Ti uma luminosidade vinda do chão clareou a noite. Todos tiveram a intenção de correr para lá, mas Bião lembrou das palavras de Oot: ali deveriam permanecer. Sabia que só veriam o permitido. Aos poucos a luz foi aumentando e tornando-se azulada. Já era de uma intensidade que tomava toda a aldeia. De repente, desceu do céu, vindo de uma altura que Nirkis calculou espacial, um facho de luz que atingiu a cabana em cheio. Era como um arco-íris vertical. Todas as cores dançando em um cone de luz que até parecia sólido. Ligava a cabana ao infinito. Vozes começaram a ser ouvidas. Primeiro baixinho, depois crescendo quase a um nível ensurdecedor, soavam como milhares de pessoas falando ao mesmo tempo em tons e línguas diferentes. Sentiu-se um cheiro fortíssimo de álcool que deixou todo o grupo tonto. Bião e Tiar ajoelharam-se e começaram a rezar. Nirkis ligou sua unidade de impressão para registrar o fenômeno, mas ela não funcionou. Parecia estar em ordem, mas se recusava a cumprir qualquer função. Para culminar, uma vibração no ar estremeceu todos os corpos e tudo ao redor. Não era um som audível. O compilador identificou-o como graves de baixa frequência. Abaixo da audição humana, mas perceptíveis pelo tato.

Todo esse espetáculo, a luz, as vozes, o cheiro de álcool e a vibração, aumentou a tal intensidade que tudo parecia rodar, tamanha era a potência do evento.

Foram caindo desmaiados um a um, e um sono intenso seguiu-se pelo resto da noite.

♍

De pé na escada, Molinar via o que jamais imaginou ser possível: a união eterna do conhecimento mágico. À sua frente, flutuando, estava o espectro da cabeça de Ti. Imenso, tomando quase todo o porão. Dentro dele, outro espectro, de um rosto desconhecido, mas que Molinar intuiu ser o instrutor de Ti. E dentro dele outro espectro, com outro rosto. E dentro deste, outro, e outro, e outro, como uma infinita cadeia de magos encerrados uns nos outros, levando ao começo dos tempos. Ao seu redor flutuavam páginas de livros, também espectrais, circundadas por pequenos halos de luz, que giravam. Das paredes do porão emanava um calor artificial que parecia alimentar todo aquele espetáculo. Na verdade, não havia ali um único objeto sólido. Tudo era etéreo. Até aquele momento, Molinar havia visto apenas espectros do Mal. O velho Ti em espectro era novo e surpreendente.

— Venha para o centro — disse Ti.

Quando ele falou, todos os outros espectros até o infinito falaram também. Pareciam fundidos em uma só energia.

Molinar notou que, no centro do porão, imenso e redondo, havia um círculo de luz azulada no chão. Como se os sóis ali se unissem. Dirigiu-se para lá. Ao pisar no centro foi tomado por um torpor. Ti continuou:

— Chegou a hora da sua consagração. Passará, nesta cerimônia, de pequeno a médio mago. A lida com o elemental foi correta, e sua capacidade de liderança comprovada. A partir de agora será sua a responsabilidade de salvaguardar Khom do Mal. Deverá guiar seu grupo em direção ao poder dos antielementos e até a entidade que deverá combater. Por isso, deste momento em diante, você faz parte da confraria dos magos brancos. Toda a sabedoria da ordem será inserida em você. Só lhe será vedada uma faculdade: a de ensinar. Esse poder lhe será concedido quando estiver preparado para se tornar mago adulto. Meu filho, prepare-se: o que é nosso, agora também será seu.

O ambiente tornou-se claro, a ponto de ofuscar tudo. Molinar olhou para cima e viu descer sobre sua cabeça um feixe de luzes multicoloridas. Dentro desse feixe veio descendo, como se a cabana não tivesse teto, um imenso cristal, girando. Era grande, muitas vezes maior do que ele. Parou acima de sua cabeça e ficou ali por um instante. Todas as páginas dos livros em um só movimento entraram em seu interior e sumiram. Molinar começou a ser sugado para cima, e pensou que fosse bater no cristal. Mas aos poucos foi entrando nele também. À medida que entrava, sentia que o cristal era sólido, e que seu corpo — sólido também, é claro — fundia-se com a pedra. A dor era insuportável. Parecia que cada centímetro de pele era perfurado por milhares de agulhas. Molinar tentou gritar, mas era tarde: sua cabeça já estava no interior da pedra. A dor era tamanha que o mago pensou que fosse morrer. Quando estava todo dentro do cristal, sentiu a sabedoria impregnando cada pedaço do seu corpo. Até esqueceu a dor, e o saber tomou conta de tudo. Milhares de anos de pesquisa e conhecimento agora estavam nele. Não no seu cérebro, mas em todo o seu corpo.

Molinar não sabe quanto tempo tudo durou, pois a consciência havia desaparecido. No fim, foi como acordar de um sonho maravilhoso. Estava deitado no chão do porão. Havia uma vela iluminando. Nas paredes, livros e mais livros. Ao lado, algumas cadeiras e uma mesa.

Sobre essa mesa, um grande manto branco, costurado por mãos invisíveis em tecido jamais tocado.

✞

Nirkis acordou com a sensação de haver dormido anos. O dia já amanhecera, e os sóis pairavam sobre o horizonte. Virou-se para os companheiros ainda adormecidos e levou um susto. De pé, olhando os escombros do templo, estava Molinar. Mas não o Molinar que conhecera há alguns dias, e com quem já travara forte amizade. Era uma figura completamente modificada. Estava maior em todos os sentidos. Havia crescido, quase um palmo. Usava novas roupas e um manto belíssimo, que esvoaçava com a leve brisa. Suas feições haviam amadurecido, e apresentava uma serenidade que não tinha antes.

Nirkis pôs-se de pé e chamou:

— Molinar?!

Todos os outros acordaram e deram com o mago, assustando-se ante a visão do amigo. Este abriu um sorriso que irradiava felicidade.

Rast não se conteve.

— Molinar, é você?!

— Sim, meus amigos — respondeu o médio mago. — Sou Molinar, mas não o mesmo.

Até sua voz havia mudado. Era límpida, cristalina como o brilho daquela manhã, e com um timbre que exalava autoridade.

— Fui consagrado essa noite — continuou. — Agora pertenço à confraria branca. Se pareço diferente, acreditem, é para melhor. Por favor, não me perguntem como aconteceu, apenas aceitem minha natural evolução. Neste momento, o importante é Khom. E já sei o que devemos fazer.

Nirkis estava estupefato. Cada vez mais admirava-se com a magia. Biologicamente era impossível alguém crescer um palmo e mudar as feições e a voz em uma noite. Ligou sua unidade de impressão e ela funcionou. "Pena não ter registrado o evento de ontem à noite", pensou.

Bião, Tiar, e Votorus adiantaram-se e, de joelhos, beijaram a mão direita de Molinar. Rast e Nirkis ficaram sem saber o que fazer.

— Não se sintam incomodados — tranquilizou o mago. — A reverência faz parte da tradição. Não é obrigação para os não iniciados.

Nirkis sentiu-se aliviado. Já o ladrão lembrou-se de que era iniciado, sim, mas na arte de roubar. Apenas não era uma iniciação recomendável. Resolveu esquecer o assunto.

Molinar virou-se para os iodrás, que a tudo assistiam.

— Irmãos, tenho a clareza da nossa missão e o objetivo. Serão muitos os obstáculos e dissabores. Mas o maior, neste momento, é abandoná-los. Infelizmente devemos partir.

— Vá, Molinar — respondeu Oot. — É nosso destino permanecer aqui. Quero apenas pedir-lhe uma coisa: se vencer, volte e reconstrua o templo. E com ele uma nova Pen-Khom.

— Será feito.

— Mais uma coisa — continuou o iodrá. — Seu tempo é definido pelos sóis. Um já escureceu. Quando o terceiro morrer, o Mal estará em Khom.

— Tudo farei para que seus brilhos sejam eternos.

Ficaram se olhando com a certeza tranquila de que aquela seria a última vez.

Já em marcha, o grupo ia em direção a nordeste. Até aquele momento, Molinar não havia definido o destino. Mas todos o seguiam, aceitando de bom grado sua condição de líder. Haviam sido providenciados mais dois cavalos. Um levava Nirkis e o outro, Bião e Tiar. Rast ia na garupa do mago. Votorus permanecia em seu unicórnio, com as duas triatocamuns, Ssar e Vess, ao seu lado.

Após uma manhã de jornada, pararam para o grande alimento. Molinar retirou-se e comeu sozinho. Ao voltar, tinha o objetivo.

— Amigos, precisamos alcançar o lago Neorás. Em suas margens encontraremos nosso novo inimigo. É o segundo braço do Mal que iremos enfrentar. Com ele está a maior pista para a localização do epicentro, onde estão os antielementos. É o cristal gerador. Uma pedra preparada para irradiar energia negativa para todas as outras roubadas das minas.

— E como é esse inimigo? — perguntou Rast.

— No lago vocês saberão.

Retomaram o caminho.

Aquela tarde transcorreu sem incidentes. Molinar e Nirkis iam lado a lado em debate contínuo. O compilador argumentava que o tempo de concentração para um efeito mágico impedia o mago de realizar outras ações; enquanto ele, com seus aparelhos, podia lutar com duas ou três forças de cada vez. Molinar lembrou que, sem o seu instrumental, Nirkis estaria indefeso, enquanto ele permaneceria sempre com seu poder, pois era inerente à sua pessoa.

Com o crepúsculo decidiram parar para o último alimento. Ali mesmo acampariam, pois seria temerário seguir pela noite naquele campo aberto e desprotegido. As pastagens eram imensas, e tudo ao redor era como um mar de relva. Ainda precisariam de mais um dia para chegar ao lago, e era preciso manter as forças.

Uma pequena fogueira foi acesa, e Tiar organizou-se para cozinhar. Estavam nesses preparativos quando Molinar parou e pôs-se em alerta. Todos estranharam, e Votorus perguntou:

— O que foi?

— Eles sabem que estamos indo — respondeu o mago —, e mandaram seus emissários.

— Onde? — disse Rast, olhando ao redor. — Não estou vendo nada.

— Preparem-se! Armem-se! — gritou Molinar.

Foi uma correria. Todos puseram-se em defesa, assustados, embora tudo estivesse parado e tranquilo no local. Nem mesmo no céu via-se qualquer coisa. O mago permanecia de pé, com os braços abertos como se segurasse o tempo. Seguiu-se um instante de silêncio, e em seguida eles surgiram. Blocos de terra eclodiram para cima por todos os lados. De cada buraco subiram criaturas dignas de pesadelos. Nirkis identificou-as como vermes, bem crescidos e com agilidade surpreendente. Tinham pequenos corpos e longas caudas cheias de espinhos trançados, que se agitavam como se quisessem chicotear. Pequenas patas com garras mantinham os bichos de pé. Não se viam boca ou olhos. Uma mancha roxa na frente de seus corpos parecia ser seu órgão de orientação, pois pulsava e variava de tamanho. A cor deles era marrom, pois vinham da terra.

Molinar gritou:

— Acertem as manchas, eles só morrem por ali. Nirkis, para o cubo!

Em vez de acatar a ordem, Nirkis armou-se com o Floc, e disparou um feixe de luz no ser mais próximo, que desabou, perfurado. Foi o bastante para os outros atacarem. E a luta começou.

Esquivando-se das caudas, todos procuravam acertar as manchas das criaturas, mas elas eram ágeis, correndo e reentrando na terra para surgirem logo adiante. Eram treze, o que obrigava alguns a lutarem com duas ou até três de cada vez. Para Votorus aquilo tudo era muito divertido, pois elas não conseguiam penetrar seus espinhos nele, devido à armadura de escamas. Contudo, para os outros, o perigo era mortal. Bião e Tiar eram os mais indefesos naquelas circunstâncias, pois tinham apenas suas facas. Por isso, o guerreiro ficou ao lado deles, cortando, rasgando e decepando qualquer daquelas criaturas que se aproximasse. Uma a uma elas foram sendo dizimadas, até que a última se viu cercada pelas triatocamuns e parou. Ninguém entendeu porque ela não entrou na terra. Em um grito, Molinar explicou:

— Deitem-se, ela vai explodir a cauda!

A ordem foi obedecida. Até as triatocamuns parece que entenderam, pois saltaram longe e agacharam-se. O ser murchou todo o seu corpo e inchou a cauda, que explodiu, espalhando espinhos para todos os lados. Ouviu-se um grito, e Tiar levantou-se com um espinho cravado no ombro.

Ficou um instante em pé, mas tombou, desmaiado.

✠

A operação de retirada do espinho foi rápida, mas não o suficiente para evitar a inoculação do veneno, que penetrou e espalhou-se rapidamente pelo pequeno corpo de Tiar. Apesar de desmaiado, foi obrigado por Bião a ingerir grandes goles de poção de cura, que aparentemente não fizeram efeito. Pela noite, seu corpo esfriava e endurecia. Molinar havia tentado uma infusão de ervas, seguida de magia para detectar e identificar o Mal, mas o veneno era puramente físico. Tiar não dava sinais de recuperação. Tudo levava a crer em uma morte inexorável até o fim daquela noite. Bião, sentado ao seu lado, começava a cair no desespero impotente dos que perdem a esperança. Nirkis, consciente da situação, resolveu quebrar algumas regras.

— Só há uma solução — disse. — Vou levá-lo a Emoto. Se é veneno e está no sangue, só uma transfusão, seguida de antídoto, pode salvá-lo.

— Uma o quê? — perguntou Bião, com os olhos arregalados.

— Uma transfusão. Tira-se o sangue do seu corpo e injeta-se outro, fresco, limpo. Enquanto isso, uma análise identificará o tipo de veneno, para que seja preparado um antídoto. Mas tudo isso tem que ser feito depressa, antes que o veneno entre por completo nos tecidos.

— Mas, se tirar o sangue, ele morrerá! — assustou-se Rast.

— Não — explicou o compilador. — Em Emoto temos aparelhos que, simultaneamente, tiram e injetam sangue no corpo. Todos concordam?

Uma troca de olhares mostrou que não havia outra saída.

— Muito bem — assentiu Bião. — Vamos.

— Não — retrucou Nirkis. — Já estou desobedecendo ordens de meus superiores levando um habitante de Khom a Emoto. Justifica-se pela urgência. E ele irá e voltará desacordado. Não posso levar mais ninguém.

Bião calou-se, mas seus olhos encheram-se de lágrimas. Era a primeira vez em muitos e muitos anos que se separava de seu irmão.

Sem perda de tempo, Nirkis acionou o cubo.

— Padrão escolha. Tamanho passagem. Abro porta.

O cubo ficou com dois metros de lado e uma lateral branca. Por ela, Nirkis carregou Tiar. Lá dentro, completou:

— Destino Emoto.

E o cubo sumiu.

Para reaparecer alguns segundos depois.

O compilador reapareceu trazendo Tiar flutuando em uma unidade antigravitacional, mas ainda desmaiado.

— Que rapidez — comentou Rast.

— Já sei — disse Bião —, não funcionou.

— Funcionou sim — respondeu Nirkis. — Passamos dois dias lá. Seu sangue foi renovado bem a tempo. Apenas não deixamos que acordasse. Agora ele dormirá mais algumas horas.

Depositou-o na relva e retirou a unidade antigravitacional. Após aplicar um aparelho no pescoço de Tiar, transformou o cubo em plaqueta.

— O que é isso? — perguntou Molinar.

— É um complexo vitamínico fluido. Está sendo inoculado em sua pele para recuperar energias. Estará forte e saudável ao acordar.

Bião sentou-se junto ao seu irmão, e dele não se separou até de manhã. Molinar olhava para Nirkis com um misto de surpresa e admiração. Não resistiu a uma pergunta:

— E seus superiores?

— Repreenderam-me, mas entenderam a situação. Uma vida é uma vida em qualquer lugar. Apenas pediram para evitar reincidência. A propósito, cometi em segredo mais uma pequena desobediência e trouxe-lhe isto, Molinar.

E estendeu a mão, na qual brilhavam minúsculas pedrinhas.

— São microcristais — continuou. — É assim que os preparamos e utilizamos em Emoto.

Molinar apanhou-os e ficou sentindo as pedras por um bom tempo. Por fim, sentenciou:

— Não vejo crime nesse processo. Suas intenções são boas. Vamos fazer uma experiência.

Para espanto de Nirkis, Rast e Votorus, que assistiam à cena, ele atirou os microcristais à distância, espalhados. Em seguida apanhou e esfera que estava em seu cinto. Elevando-a à altura da testa, concentrou-se. Logo a esfera brilhou, e todos os microcristais levitaram e vieram ao seu encontro. Ficaram girando ao redor de Molinar, e por fim entraram na bola mágica, desaparecendo.

— Agora fazem parte da esfera, concluiu Molinar. Como ela e eu somos UM, fazem parte também da minha essência. É mais energia para combater o Mal. Agradeço o presente, Nirkis.

O compilador sorriu satisfeito. Pela primeira vez em toda a infinita vida dos universos paralelos fundia-se a magia com a tecnologia.

Não era pouca coisa, como viriam a provar os próximos tempos.

♎

No dia seguinte, ao pôr dos sóis, chegavam às margens do lago Neorás, que tinha um formato longilíneo, com um comprimento muito superior à largura. No lado em que chegaram não havia nada. Antes que escurecesse, Molinar elevou-se a uma grande altura e lá ficou por um tempo. Ao voltar, comunicou:

— Vamos acampar aqui. Nosso inimigo já está na margem oposta. E sabe da nossa presença. É hora do último alimento.

Enquanto comiam, Votorus quis saber por qual lado rodeariam o lago.

— Por nenhum — respondeu Molinar.

— Mas então — continuou o guerreiro —, como vamos conseguir um barco para atravessar?

— Não precisaremos de barco — disse o mago.

Houve um instante de incompreensão geral. Os olhos de Bião brilharam quando percebeu a solução.

— Molinar — disse o alquimista —, você está pensando nas nixis?

— Exatamente, meu amigo.

Votorus e Tiar também sorriram.

— Mas o que são as nixis? — perguntou Rast.

— São as donas do lago. É uma raça de mulheres que habitam o fundo das águas. Além de guerreiras, têm algumas capacidades mágicas. Uma delas é permitir, por encantamento, que qualquer ser vivo respire debaixo d'água.

— Quer dizer que vamos atravessar por dentro do lago? — assustou-se Nirkis.

O sorriso de Molinar traduzia um sim. Premeditando o futuro, Nirkis encheu os pulmões de ar.

— Pelo que sei — comentou Tiar —, elas não levam qualquer um lá para baixo. Só na época do acasalamento.

— O momento é muito especial — ponderou Molinar. — É preciso apanhar o inimigo de surpresa. Deveremos aparecer de onde ele menos espera.

— Aliás — aproveitou Votorus —, que tal nos dar alguma informação sobre ele?

— Ainda não — respondeu o mago, sem floreios.

— E a cerimônia para atrair as nixis? — quis saber Bião.

— Não vamos esperar até amanhã — respondeu Molinar. — Quero entrar nas águas antes da noite. Lá é o melhor refúgio. Realizaremos a cerimônia após o último alimento.

Acabando de comer, o mago deu as ordens. Tochas foram acesas e espalhadas pela margem. Bião e Tiar empunharam instrumentos de sopro e ficaram com um pé na água e outro na terra. Molinar entrou até a altura da cintura. Os alquimistas começaram a tocar, e o mago a cantar. Sua voz era linda, mas não se entendia o que cantava, pois era uma língua ancestral. Nirkis achou tudo muito interessante, mas não entendeu o propósito dos imaterializadores.

A música era comprida, e Rast chegou a sentar-se, na sua habitual displicência. De repente Molinar parou e elevou-se sobre as águas, virando rapidamente de cabeça para baixo. Do nada, um braço saiu da água e quase agarrou seu tornozelo. Ficou esticado como se tentasse alcançá-lo.

Molinar dirigiu-se à criatura das águas.

— A confraria dos magos brancos e a casa dos iodrás de Pen-Khom pedem uma audiência com a rainha.

Por um instante tudo ficou parado. Então, vários braços surgiram ao redor do primeiro. Agora as mãos tinham gestos suaves, indicando a margem. Molinar voou para lá e reuniu o grupo.

— Juntem-se aqui — disse. — Os cavalos e as triatocamuns também.

Ficaram à beira do lago olhando os braços que, aos poucos, sumiram. Em seguida, para espanto de quase todos, principalmente de Nirkis, subiu um vapor que envolveu todo o grupo. Parecia neblina, mas muito mais densa. Dentro dela, sentiam-se como na água. Molinar começou a caminhar e entrou no lago. Todos o seguiram. Os animais vinham completamente dóceis. Quando estava com a água pelo pescoço, Nirkis duvidou e parou. Molinar apanhou-o pela mão e firme, mas delicadamente, puxou-o de uma vez. O compilador prendeu a respiração e começou a debater-se. Molinar, sorrindo, manteve-o debaixo d'água até que respirasse. Quando o fez, seus olhos se arregalaram ao perceber que era possível. Pela primeira vez sentia a magia em si próprio. Naquele momento suas dúvidas acabaram. Virou-se para Molinar e disse:

— É incrível!

Só então descobriu que também podia falar. Se não estivesse dentro d'água, poderia ser visto com os olhos cheios de lágrimas. Molinar indicou-lhe à frente o grupo de nixis. Com isso, o espanto de Nirkis chegou ao máximo.

— Mas — gaguejou o compilador — elas são azuis!?!

De fato, as habitantes do lago Neorás eram azuis. Mulheres de grande beleza e de uma altivez rara na natureza. Não vestiam nada, e cada uma trazia nas mãos uma concha prateada que emitia luz. A visão era arrebatadora. Nirkis começou a bater palmas e a rir como criança. De repente parou e gritou:

— Meu equipamento, vai estragar!

— Calma — disse Molinar —, tudo está protegido pela magia.

Nirkis ligou sua unidade de impressão e ela funcionou normalmente. Começou a registrar tudo.

Uma das nixis adiantou-se:

— Mestre — dirigiu-se a Molinar —, o caminho é longo. Vamos?

— Nós te seguiremos, amiga — respondeu o mago.

Os dois grupos começaram a caminhar.

Para os habitantes de Khom, tudo aquilo era magnífico, mas normal. Já para o compilador, estar andando e respirando debaixo d'água, seguindo um grupo de mulheres azuis, lindas e nuas, era uma situação que ele jamais esqueceria.

♍

As luzes oriundas das conchas empunhadas pelas nixis iluminavam bem o caminho à frente. Mesmo assim, a noite invadia o lago e a visão era restrita. Nirkis sentiu o chão sólido, e isso lembrou-lhe da chegada ao mundo da neblina. "Ainda preciso pesquisar aquilo", pensou. Ao seu redor, uma vegetação esparsa ondulava, suave. Estranhou não ver nenhum peixe.

— Molinar — perguntou o compilador —, onde estão os peixes deste lago?

— Não sei. Talvez nossa presença os afaste.

— Outra coisa — continuou Nirkis —, deveríamos estar nos movendo lentamente, devido à densidade da água, mas tudo está normal!

— Deve ser obra da magia delas.

Com efeito, tudo o que se fazia ali era muito normal. Falar, respirar, andar, olhar. Pareciam estar ambientados na superfície, com ar, e não água ao redor.

Do grupo de nixis — umas sete ou oito — metade adiantou-se, nadando. E com uma rapidez espantosa. Nirkis imaginou que, se a velocidade do movimento na água era normal, quando deveria ser lenta, então se pudesse nadar, o faria muito mais rápido. Experimentou saltar e bater os braços. Quase perdeu-se do grupo, de tanto que subiu. Uma das nixis foi ao seu encontro e pediu-lhe que ficasse junto aos outros. Agora, de perto, Nirkis pode observar suas feições. Era linda! Traços perfeitos. Um cabelo liso descia-lhe até a cintura. Tinha o corpo desenvolvido esculturalmente, como se praticasse todo tipo de exercícios. Eram mulheres magníficas. E azuis. E nuas! Nirkis resolveu voltar ao grupo e acalmar-se.

Molinar comunicou:

— Estamos chegando. Algumas foram avisar o palácio.

— Palácio? — assombrou-se Nirkis.

— Amigo — disse Molinar —, prepare-se. Você vai conhecer outro país dentro do país de Khom.

Uma luz abriu caminho em direção ao grupo como um túnel naquelas águas escuras. Não se via sua origem, pois havia uma vegetação um pouco mais alta. Quando ela foi ultrapassada, o grupo parou. À frente, elevava-se uma construção imensa e toda iluminada: o Palácio Subaquático de Nixirânias. Ficaram maravilhados com a visão. Parecia ser feito de pedra, com grandes aberturas em todas as torres. Pelo que Nirkis deduziu, era do tamanho da aldeia de Pen-Khom. Várias nixis e outros seres entravam e saíam pelas aberturas nadando. Uma das nixis veio ao grupo.

— Daqui para a frente não tocaremos mais o chão. Vamos, a rainha os espera.

E elevou-se.

Meio tímido, o grupo começou a nadar com ela. O mais desajeitado era Votorus, com todo aquele peso. Mas os animais sentiam-se à vontade. Principalmente as triatocamuns, que, como répteis, chegavam a girar de tanta felicidade.

Foram levados a entrar por uma abertura em uma das maiores torres. Lá dentro a decoração impressionava. As paredes de pedra tinham um colorido que se mexia. Parecia que uma luz interna decompunha-se em todo o espectro de cores conhecidas. Havia estátuas por todos os lados, feitas de coral. Os temas eram os mais diversos, indo de animais a formas circulares entrelaçadas com plantas. Tudo muito suave e lânguido. Era um sonho.

Quanto mais entravam, mais nixis viam. Elas flutuavam em grupos e olhavam-nos, curiosas. Algumas cavalgavam um tipo de ser que lembrava uma borboleta. Mais tarde Nirkis saberia tratar-se de um vegetal. Era contra a filosofia nixirânia domesticar animais.

Chegaram enfim à sala da rainha. Antes de entrarem, cavalos, unicórnio e triatocamuns foram separados e levados do grupo. Nirkis percebeu que aquele lugar não tinha portas. "Muito coletivo", pensou.

Na sala, deram com a única nixe que vestia alguma coisa. Ou melhor, calçava: sandálias de pedra, que a mantinham de pé no fundo.

Molinar cumprimentou:

— A casa dos iodrás de Pen-Khom e a confraria dos magos brancos reverencia e solicita audiência.

— Em nome dos ancestrais comuns e da amizade dos imaterializadores — respondeu a rainha —, a audiência foi concedida.

— Senhora — continuou o mago —, o momento é grave, e necessitamos de auxílio.

— Sei que não me procurariam se assim não o fosse. O que está acontecendo?

Molinar relatou os fatos ocorridos até ali. Salientou que o maior perigo para o país de Khom era concernente também às nixis: o desequilíbrio.

— Precisamos atravessar o lago por dentro para apanhar nosso inimigo de surpresa. Ele está na margem leste. Por isso a vinda até aqui.

— Compreendo. Se o país de Khom está em perigo, também somos responsáveis pela salvação. Devemos nos engajar na luta. Creio que facilitar a passagem pelo interior do lago é pouco. Mas antes de tomar decisões, preciso saber qual inimigo está às nossas margens.

Por um instante Molinar calou-se. Ficou olhando a rainha como se pesasse as palavras. Até ali não havia revelado a ninguém a natureza daquele braço do Mal. O grupo somente sabia que deveria resgatar o cristal gerador que estava em seu poder. Todos os olhares convergiram para o mago, que enfim falou:

— É Elli, a velhice.

Um murmúrio de pavor percorreu todo o ambiente. Apenas Nirkis não entendeu. Ficou olhando os membros do grupo, buscando uma explicação. Mas todos mantinham-se cabisbaixos.

A rainha tomou a palavra.

— É muito dura a prova pelo qual vão passar. Se essa entidade é apenas um braço do Mal, imagino o poder do seu senhor. Khom corre sério perigo.

A rainha fez uma pausa enquanto olhava toda a corte de nixis flutuando ao redor. Continuou:

— Não ficaremos alheias à luta. Daremos nossa colaboração. É muito pouco apenas ajudá-los a atravessar o lago. Vejo que diversas raças e profissões estão representadas em seu grupo. Até um estrangeiro, que não identifico.

Todos os olhares convergiram para Nirkis, que se ruborizou.

— Assim — prosseguiu —, é mister que nossa raça também defenda o equilíbrio no país de Khom. Faço questão que uma de nossas princesas acompanhe o grupo representando a estirpe das nixis.

Entre as mulheres azuis houve um murmúrio de aprovação. Mas entre o grupo os sentimentos foram os mais desencontrados. Molinar não esperava aquela atitude, mas nada demonstrou, porque a rainha olhava diretamente em seus olhos. Bião e Tiar alegraram-se; afinal era uma maneira de conhecer aquela raça da qual só tinham informações pelos livros. Rast ficou indiferente. Para ele um a mais ou a menos não iria fazer muita diferença, contanto que tivesse Molinar por perto. Nirkis gostou, mas seu pensamento ainda estava em Elli, a velhice. O que seria aquilo? O único que realmente não apreciou a oferta foi Votorus. Como guerreiro, ele não podia admitir uma mulher em um grupo de luta. Abaixou a cabeça e deixou-se tomar pelo mau-humor. Mas sabia que a decisão de aceitar ou não era de Molinar. E este não relutou.

— Obrigado, Rainha. Nosso grupo aceita de bom grado. Toda ajuda é importante e necessária no momento. Sua princesa é bem-vinda.

A rainha elevou a cabeça e dirigiu-se a um grupo acima.

— Como rainha escolhida das descendentes de Nix, invoco o poder de decisão em defesa da raça. Indico, para acompanhar este grupo representativo do Bem em Khom, a princesa Nandere.

Do grupo de nixis a quem a rainha dirigia-se, adiantou-se e nadou até a frente de Molinar uma jovem que, chegando, ajoelhou-se e disse:

— Coloco-me à disposição do líder Molinar, representando minha estirpe e jurando total obediência às suas ordens.

Quando levantou a cabeça, encontrou os olhos de Nirkis. O que aconteceu foi digno de nota. Nandere ia continuar a falar, mas o olhar do compilador paralisou-a. E o dela a ele, hipnotizando-o com sua beleza azul. Sem perceber, foi até ela e tomou-lhe as mãos. Ficaram se olhando como se não houvesse mais ninguém ali. Criou-se um certo constrangimento, e a rainha olhou para Molinar, que tentou contornar a situação:

— Senhora, Nirkis é nosso amigo e aliado, mas é de outras terras, como percebeu, e não conhece nossos costumes. Por favor, perdoe seu procedimento.

E chamou:

— Nirkis. Nirkis!

A rainha também tentou acordar sua súdita.

— Nandere. Princesa Nandere!

Os dois olhavam-se de mãos dadas, alheios a tudo e a todos. Veemente, a rainha falou algo em uma língua incompreensível. Só então Nandere acordou, largou as mãos de Nirkis e nadou até a senhora. Ajoelhando-se, conversaram em sua língua. Mais tranquila, a rainha dirigiu-se ao grupo:

— Agora serão levados aos seus aposentos. Ficarão dois dias aqui. É preciso preparar a princesa. Sei da urgência, mas temos nossos rituais. Que sua estadia seja a mais agradável.

Atrás dela abriu-se uma parede, e o chão em que se apoiavam suas sandálias de pedra deslocou-se de ré.

Após a saída da rainha, algumas nixis indicaram ao grupo a direção dos quartos. Enquanto isso, Nandere nadava para fora do aposento. Mas seus olhos estavam grudados em Nirkis. E os dele nela. Bião olhou para Tiar, e os dois trocaram um sorriso cúmplice.

Sabiam o que estava acontecendo, e sua sabedoria lhes dizia em que tipo de mergulho Nirkis e Nandere estavam prestes a entrar.

Sim, pela manhã tudo era visto com mais clareza. A luz dos sóis chegava ao palácio mesmo naquela profundidade, pois as águas do lago Neorás eram límpidas.

Quando Molinar acordou, Nirkis já estava de pé, ou melhor, flutuando, perto da janela. Cumprimentaram-se e ficaram olhando aquele universo subaquático. Os peixes agora estavam lá, constituindo uma fauna lacustre muito rica. Nadavam com desenvoltura e tranquilidade por entre as torres do palácio. E que palácio! Nirkis lembrava-se das imagens estudadas na Informal Líquida de História, em Emoto. No passado de seu mundo houve construções assim, destruídas pela roda massacrante do tempo. Mas ali tudo era palpável, real, atual. Em sua mente formou-se uma dúvida: será que Emoto havia tido uma época passada como Khom naquele momento? Ou seria o contrário, Khom é que era a evolução de uma sociedade que havia abandonado a ciência para dedicar-se à magia? Foi despertado de seus pensamentos por Molinar:

— Bonito, não?

— Inimaginável! E os outros?

— Ainda dormem. Não entendi como você acordou tão cedo. Sempre é o último.

— Bem — hesitou o compilador —, não consigo tirar Nandere da cabeça.

— Mas, o que aconteceu?

— Não sei, quer dizer, acho que sei.

— Ela é linda, não?

— Linda?! Eu simplesmente perdi o controle. E é muito estranha para mim esta sensação.

— Não há mulheres assim em Emoto?

— Bonitas, sim. Mas azuis, não.

Molinar sabia o que aquilo tudo significava. Mas não resistiu a uma pergunta:

— Você é casado?

— Não, nunca tive tempo. É raro um compilador casar-se. Aliás, é raro em Emoto as pessoas ficarem ligadas por muito tempo.

— Mas existem famílias constituídas?

— Sim, quem quer ter filhos, principalmente.

— Pode-se ter filhos fora do casamento? — surpreendeu-se o mago.

— Claro! Em Emoto cada um faz o que quer. Ter filhos ou não, casar-se, relacionar-se com quem quiser, do mesmo sexo ou não. O que temos em Emoto é a liberdade. — Nirkis olhou para fora e concluiu: — Liberdade como a destes seres do lago. Já reparou que não existem portas?

— Sim. Porque não há perigo nestas águas. Ninguém se atreveria a entrar aqui sem permissão. As nixis são doces quando querem, mas selvagens e violentas quando preciso.

— Que outras habilidades têm?

— Não sei ao certo, são muito misteriosas. Têm várias capacidades mágicas e de manuseio de armas. Mas quem com elas lutou não viveu para relatar a história.

Ficaram olhando o balé dos peixes e das nixis ao longe. Nirkis sentiu que deveria abrir-se com o mago. Precisaria do seu apoio.

— Molinar, é muito confuso e embaraçoso para mim, mas acho que me apaixonei.

Molinar deu uma gostosa gargalhada e concluiu:

— Todos já perceberam. Estamos é surpresos com a rapidez.

— Eu também! Estou aqui para pesquisar e ajudar. Isso complica tudo.

— E quem domina o amor?

A preocupação do compilador era dupla, pois, além de ter sido desviado do seu trabalho, ainda tinha dúvidas sobre a reciprocidade.

— E se ela não me quiser? Veja, a esta hora da manhã já estou assim, impaciente. Preciso vê-la.

— Não será tão fácil. Devemos esperar o chamado da rainha. Enquanto isso vamos visitar o palácio e conhecer seus costumes.

— Tem razão.

— Só uma coisa me preocupa: pelo que sei, as nixis têm o poder de fazer os outros respirarem dentro d'água. Mas elas não podem respirar lá fora. Nem com magia. Como Nandere irá conosco?

Era uma perspectiva que entristecia o compilador. E Molinar notou-o.

— Mas não vamos nos fixar nisso agora. Esperemos os acontecimentos. Vamos nadar por aí, afinal essas mulheres são um enigma.

Nirkis assentiu e foram acordar os outros. Mas em seu íntimo, começava a brotar uma ideia que iria surpreender até o mais ousado mago de Khom.

— Evidente que não! — disse Bião.

Assim começou mais uma discussão entre ele e Tiar, pois este queria tentar acender um fogo para esquentar o alimento rápido. Tiar argumentava que tudo estava tão normal que até um fogo seria possível ali, na água.

— Perceba, Tiar, também há limites para a magia — completou Molinar.

Resignaram-se a comer sem aquecimento. Mas, antes que iniciassem, foram convidados pelas nixis para uma refeição conjunta. A discussão foi esquecida.

Deslocaram-se para um grande salão extremamente pitoresco. Havia mesas de pedra saindo das paredes em vários níveis. Ao seu redor, bancos também de pedra, nos quais vários grupos de nixis comiam ruidosamente. Eram muito alegres aquelas mulheres.

O grupo foi colocado em uma das mesas mais altas, da qual se podia ver todo o ambiente. Foi-lhes servida uma refeição composta exclusivamente de vegetais. Rast ainda cometeu o desatino de perguntar se não havia nenhum "peixinho" para comer. Recebeu um olhar de reprovação de Molinar e uma cara espantada da nixe que servia. Elas jamais comeriam um semelhante.

Quando já estavam no meio do alimento rápido, e a conversa corria solta, houve um burburinho no ambiente. Nandere entrou no salão e veio sentar-se com o grupo, bem em frente a Nirkis, que esqueceu a comida.

Muito desenvolta, logo tomou a palavra:

— A rainha está satisfeita com seu trabalho e suas intenções. E por terem me aceito no grupo. Hoje teremos uma cerimônia. É a minha despedida. Como devem saber, nossa magia não nos permite respirar fora d'água. Terei que ser destituída do poder subaquático de Nixirânias para acompanhar o grupo. Fico triste por abandonar minhas irmãs para sempre, mas feliz por me integrar a essa luta em benefício de Khom.

— Mas então — inquietou-se Bião —, nunca mais poderá voltar?

— Exato. Mas não se preocupem, é o meu dever e o meu destino.

— Nandere — perguntou Molinar —, perdendo o poder subaquático, você também perde os outros poderes mágicos?

— Sim. Lá fora só terei minhas armas físicas.

Houve um certo embaraço, como se o grupo fosse responsável pela situação.

Nirkis deu um pulo do banco. Tão forte que assustou os outros e ele próprio, que foi parar alguns metros acima. Voltando, falou:

— É isso! Já sei como resolver o seu problema. Você não precisará perder sua magia. Preciso voltar a Emoto.

A surpresa foi geral.

— Qual é sua ideia, Nirkis? — perguntou Molinar.

— Irei a Emoto construir um escafandro para Nandere.

— Um o quê? — confundiu-se Bião.

— Não adianta explicar — continuou o compilador —, mas evitará que Nandere perca sua magia.

— Infelizmente não há tempo, argumentou a nixe. Não sei onde é Emoto, mas a cerimônia é hoje à noite, e não podemos esperar.

Todo o grupo riu e olhou para Nirkis, premeditando a resposta.

— Não se preocupe — disse com ar malicioso —, estarei de volta antes disso.

— Só há um problema — lembrou Molinar. — Você não poderá sair e voltar com o cubo aqui debaixo d'água. Ao sair, o efeito da magia cessará, e na volta morrerá afogado.

— Correto — disse Nirkis. — Então preciso sair do lago. Nandere, você me leva até a margem?

Ela abriu um sorriso maravilhoso, que significava sim. Ela não havia entendido a ideia de Nirkis, mas estar ao seu lado era suficiente.

Terminaram o alimento rápido e, enquanto o grupo espalhava-se em visita ao palácio, Nirkis e Nandere dirigiram-se para a margem. Ao vê-los afastarem-se, Votorus comentou com Tiar:

— Na primeira vez é assim. Depois da terceira esposa a gente nem liga mais.

Tiar, que nunca se casara, desmontou o gigante com esta:

— Pois eu acho é que você está com ciúmes por uma mulher entrar para o grupo.

— Padrão escolha. Tamanho passagem. Abro porta. Destino Emoto.

Nirkis entrou pela parede branca do cubo e sumiu. Havia pedido para Nandere retirar a magia e, ao sair do lago, pediu também que ele esperasse e observasse. Como qualquer apaixonado, queria impressioná-la. E realmente conseguiu, pois ela assustou-se ao vê-lo desaparecer no cubo e ressurgir alguns segundos depois. Trazia um pequeno volume.

Da margem, Nirkis disse:

— Vou atirar-lhe uma roupa. Vista-a.

E jogou o pacotinho na água. Nandere apanhou-o e desapareceu. O compilador ficou esperando um tempo, enquanto aproveitou para transformar o cubo em plaqueta. Como nada acontecia, chamou pela nixe. Ela elevou o braço fora d'água e fez sinal para Nirkis entrar. O vapor subiu e envolveu-o. Sem entender, entrou no lago, dando com Nandere atrapalhada com a roupa. "Claro", pensou, "ela nunca se vestiu; ainda mais com um escafandro isolástico". Ajudou-a, deixando entrar água na roupa e, após vestida, isolando-a magneticamente no fecho que atravessava os ombros.

Pediu a Nandere que saísse da água. Desconfiada, ela olhou-o de lado, insegura com o equipamento.

— Saia — insistiu Nirkis —, você continuará respirando na água lá fora.

Aos poucos ela foi saindo, ressabiada e temerosa. Quando se viu completamente fora e respirando, seu fascínio completou-se. Corria e movimentava-se aproveitando a liberdade do ar, um meio menos denso. Era incrível sua velocidade e agilidade. Parecia não ter peso. Seus músculos, treinados para vencerem grandes distâncias a nado, em terra quadruplicavam a potência. Era uma mulher de um metro e setenta, e podia saltar até quatro metros sem esforço. Aos olhos de Nirkis, uma deusa.

Voltou para dentro d'água e encarou o compilador.

— Que espécie de mago é você?

— Não, não possuo magia. Meus dotes são outros. É uma longa história que, aos poucos, irei lhe contando. E tenha certeza que tenho a mesma curiosidade sobre você e seu povo.

— Então, temos muito o que conversar.

— Antes de voltarmos ao palácio — completou Nirkis —, só falta um teste. Seus poderes mágicos permanecem com a roupa?

— Vamos ver.

Sem esforço, Nandere concentrou-se. Apareceram flutuando várias plantinhas coloridas que pareciam fios de lã. Pararam à sua frente e enrolaram-se umas nas outras, criando uma espécie de corda curta de material vivo. Linda, a corda multicor parecia querer fechar-se formando um círculo. Nandere levou-a à cabeça de Nirkis, e com ela prendeu seus cabelos à altura da testa. O compilador sorriu e pensou que, se tivesse um espelho, poderia mirar-se. Com um gesto de mão, Nandere fez a água condensar-se em gelo à sua frente. Era um espelho perfeito. Nirkis, fascinado, olhou-se. A tiara de vegetais realçava seus cabelos loiros. Atrás dele, refletida, estava Nandere. Nirkis voltou-se e pensou: "que surpresas ainda me reserva este mundo?".

— Não sei — respondeu Nandere —, mas estou à disposição para compartilhar com você todas elas.

O queixo do compilador caiu. Só então ele percebeu que ela havia criado o espelho em retorno ao seu pensamento.

Como um bobo, perguntou:

— Telepatia?

— É claro.

Nirkis deu uma grande gargalhada.

— Muito perigoso — constatou —, mas adorável.

— Não é com todos, só com quem temos afinidade.

— Nandere, então é mútuo.

Ficaram olhando-se, fascinados com os dons recíprocos.

Consciente do horário, ela acordou:

— Temos que ir. Vou tirar a roupa.

Nadaram de volta ao palácio sem se falarem ou tocarem-se. Sabiam que uma palavra em especial, um gesto carinhoso, poderia levá-los a um desenlace perigoso. Como todos os recém-apaixonados, tinham medo. Mas, no fundo de seus corações, sabiam que o mergulho amoroso era inevitável.

O coro de nixis entoava um hino aos seus deuses. Naquela sala do palácio de paredes multicoloridas, suas vozes ecoavam como uma orquestra superafinada. Não havia instrumentos, nem eram necessários.

Ao final, a rainha tomou a palavra:

— É chegada a hora. Uma de nossas filhas irá partir. A cerimônia a qual procederemos há muito não é usada. Pelo poder que me é concedido, reverteremos a herança mágica herdada por Nandere. Não há tristeza, visto que seu destino é o Bem, no qual reside a obrigação de nossa raça. — Elevando a voz: — Reclamo a presença da princesa Nandere para a inversão de seus poderes constituídos.

Por uma abertura no alto entrou nadando a nixe, seguida de três outras. Desceu e ajoelhou-se à frente da rainha.

— Minha filha, está pronta para nos abandonar?

Nandere olhou em seus olhos e disparou:

— Não, mãe.

Um murmúrio de espanto envolveu o ambiente. Sem pestanejar, a rainha devolveu-lhe:

— Não? Então, recusa a minha decisão? Não quer nos representar junto a esse grupo?

— Sim, mãe. Mas não preciso perder meus poderes. Esta cerimônia não é necessária. Posso acompanhar o grupo sem recusar minha herança.

— Não entendo. Explique-se.

— Um deles, o estrangeiro, é um mago de outras terras. Ele tem o poder de permitir-me respirar fora d'água.

Era uma situação inusitada. Pela primeira vez, a rainha hesitou. Para as nixis, o conceito de viver fora do lago só era possível com a destituição de seus poderes. A rainha, sábia, percebeu que uma nova era de possibilidades se iniciaria ali, se Nandere estivesse falando a verdade. Ela contava com isso, pois uma nixe não mentia. Por isso, veio a ordem inevitável:

— Tragam-nos os visitantes.

Em pouco tempo todo o grupo de Molinar foi trazido à sala de cerimônia.

Nandere explicou:

— Este mago, Nirkis, tem a solução para a minha sobrevivência fora do lago. — E, dirigindo-se a ele, pediu: — Nirkis, por favor mostre a roupa à rainha.

O compilador adiantou-se:

— Rainha, com sua licença, creio poder evitar que Nandere perca os seus poderes e a faculdade de respirar dentro d'água. Não sou um mago. Apenas venho de outro lugar, onde desenvolvemos meios de sobrevivência em ambientes hostis. Criei para Nandere um traje que chamamos de escafandro isolástico, que permitirá a ela continuar respirando água. É uma fina película de pele humana artificial transparente, fechada hermeticamente por crivos magnéticos, que permitem manter uma sutil camada de água fresca entre ela e a pele de Nandere. Assim, a princesa estará sempre cercada de água, mas continuará com seus movimentos livres e com sua magia intacta.

Apesar da linda explicação que Nirkis havia ensaiado, o que se viu foram rostos incrédulos. Inclusive entre o seu próprio grupo. A rainha, mais objetiva, foi direta:

— Não compreendemos o que diz, mas se suas intenções são boas e seu poder eficiente, terá chance de prová-lo.

— Claro — respondeu o compilador. — Basta irmos à margem do lago.

— Não será preciso — disse a rainha. — Nandere, vista a... o...

— Escafandro — completou Nirkis.

Ela vestiu o traje e esperou. Nirkis olhou para Molinar, tentando entender as intenções da rainha, mas este também estava curioso.

Então as nixis provocaram o inesperado.

No centro do salão uma convulsão de águas formou-se. As nixis afastaram-se para os cantos, mas agiam como se tivessem um só pensamento. A rainha olhava para o centro como se dirigisse a concentração de todas para lá. Nirkis arregalou os olhos quando percebeu que ali formava-se uma bolha de ar. Era inacreditável, mas aquelas mulheres tinham o poder mágico de mudar a estrutura da matéria, separando os átomos de água, criando uma esfera de oxigênio bem na sua frente.

A bolha ficou com uns cinco metros de diâmetro. Sabendo o que devia fazer, Nandere nadou para lá e mergulhou como se aquilo fosse uma piscina flutuante de ar. E lá ficou respirando em seu traje como se estivesse na água.

Após alguns minutos, a rainha fez um gesto para que voltasse. Depois da sua saída, a bolha desfez-se. Nandere ajoelhou-se à frente e aguardou a decisão. A rainha voltou-se para Nirkis e ordenou:

— Venha aqui.

Meio tímido, o compilador obedeceu. Estranhava o fato de a rainha não poder deslocar-se com aquelas sandálias de pedra. Isso Nandere explicaria depois. A rainha olhou-o durante um tempo, que lhe pareceu uma eternidade. Depois disse:

— Você é especial, estrangeiro. E amigo. Evitou a perda da nossa filha. Aceito seu poder e sua ideia. Nandere acompanhará o grupo no seu traje. A cerimônia não é necessária. E, a partir de agora, você é considerado partícipe da estirpe das Nixirânias. É membro da nossa sociedade, com trânsito livre no lago Neorás.

A felicidade que se seguiu a essa decisão foi tão completa, que até Votorus perdeu seu mau-humor e aceitou a presença da nixe.

Estava selado o acordo, e incorporado o último membro do grupo responsável pelo equilíbrio em Khom.

— É lindo, não? — perguntou Nandere.

— Sem dúvida — respondeu Nirkis.

Estavam numa torre alta do palácio olhando os anéis espiralados através da água. Pela primeira vez, desde que Nirkis chegara a Khom, eles mostravam seus lados brilhantes. Eram rios de prata filtrados pelas águas do lago banhando seus rostos felizes. Tornavam o ambiente especial.

Aquela solução para a incorporação de Nandere ao grupo selou o fascínio mútuo daqueles seres de origens tão diferentes. Nirkis e Nandere eram, naquele momento, o resumo de todo o amor possível.

Olharam-se. Tocaram-se.

Não havia mais como resistir. Emoto e Khom, que já haviam se unido antes em magia e tecnologia, estavam prestes a unir-se em carne. A sagrada e universal comunhão, sempre abençoada pelos deuses em qualquer lugar.

Ali, naquela torre de pedras multicoloridas, iluminada pelos lados brilhantes dos anéis espiralados, Nirkis e Nandere colaram-se como todos os apaixonados. Rolaram pelas paredes, flutuando naquelas águas límpidas, ouvindo apenas o apelo interior dos seus instintos.

Golfadas de água misturavam-se a convulsões musculares. A sala era grande, mesmo assim parecia pequena para toda a necessidade de amor. Era a imersão total. Dentro do líquido, sem peso, giravam e giravam, traduzindo a mais intensa das paixões na exploração do corpo um do outro. O crescendo levava-os ao delírio. Era a primeira vez de ambos. A primeira com amor legítimo. Seus gritos ecoavam pelas paredes, que pareciam animar ainda mais seus corpos.

Quando seus corações chegaram ao auge, estavam em pleno centro da sala. E então aconteceu. O clímax. O orgasmo. Para ambos. Nirkis abriu os olhos. E o que viu nunca passou pela cabeça de qualquer habitante de Emoto: Nandere não estava mais azul. Estava rosa! Cor-de-rosa! Ele não acreditava no que via. Ficou extasiado. Aos poucos, passado o estágio em que se volta do mundo perdido que é o orgasmo, Nandere foi voltando à cor azul.

Ela abriu os olhos e deu com um Nirkis confuso de vários sentimentos. Feliz, sim, mas surpreso com aquela mudança de cor. Antes que ele falasse qualquer coisa, abraçou-o.

— Não, agora não — disse a nixe. — Depois eu explico.

E ali ficaram, enlaçados, como dois seres querendo ser um só. Voltar à origem dos tempos quando homem e mulher eram apenas UM.

Princípio e destino final da tragédia dos seres.

A margem leste do lago Neorás era muito diferente da outra: rochas íngremes e irregulares afloravam da água avançando por terra; criando labirintos de despenhadeiros e escadas naturais. Não se via vegetação e o solo era de areia.

Ao sair do lago, o grupo pôde observar que a situação dos sóis estava inalterada. Dois deles ainda brilhavam fortes, azuis.

Estavam tensos, pois sabiam que Elli, a velhice, estaria esperando. Molinar não havia dado mais informação nem feito planos de batalha. Estranhavam seu comportamento. Parecia ocultar suas decisões de propósito. Mas, por quê?

Votorus chegou ao seu limite:

— Molinar, não acha que já é hora de sabermos contra quem iremos lutar?

O mago não respondeu. Limitou-se a caminhar por entre as rochas e fez um sinal para que o grupo o seguisse.

Após meia hora de caminhada em silêncio, escalou uma pedra imensa até chegar ao seu topo. Com alguma dificuldade, o grupo o alcançou. Lá de cima via-se toda a região. Molinar indicou a direção nordeste e perguntou:

— O que veem?

A uma certa distância, todos divisaram uma cabana tosca, perdida em uma clareira arenosa no meio das rochas.

— Ali — continuou o mago —, está Elli, a velhice.

— Como vamos atacá-la? — quis saber Votorus.

— Amigos — disse Molinar —, até agora eu não havia dito nada sobre essa entidade, porque sabia não ser necessário. Vocês não vão lutar com ela. Irei sozinho.

O espanto e a indignação tomaram conta do grupo.

— Como? — explodiu o guerreiro. — É um absurdo! Somos um grupo de luta. Pelo que percebo, ela é muito poderosa. Estamos juntos nesta missão.

— Sentem-se — ordenou Molinar. A contragosto, foi obedecido. E continuou: — Esse braço do Mal é inteiramente composto de magia. De nada adiantariam suas armas, Votorus, ou sua sabedoria, alquimistas, ou mesmo sua ciência, Nirkis. Sem desprezar suas capacidades, amigos, devo ir só. Sei pouco sobre Elli, a velhice, mas o suficiente para ter consciência de que só com minha magia teremos chance de vencê-la. Vocês ficarão observando daqui. Se eu não conseguir, voltem ao lago, pois sua perseguição será implacável. Lá estarão a salvo. Junto das nixis, procurem outra maneira de atacá-la.

Ninguém sabia o que dizer. Sua decisão deveria ser acatada, mas era frustrante.

— Mais uma coisa — completou —, se eu vencer, vocês deverão correr em meu auxílio, pois Elli é guardada por centauros. A luta irá atraí-los imediatamente. Pelo que intuo, não terei forças ao final. A batalha, então, será física, e esta parte é com vocês.

Virou-se e desceu a rocha pelo outro lado, sumindo em seguida. Todos os olhos voltaram-se para a cabana, que agora parecia até mais próxima. Nada se movia ao seu redor. Dava mesmo a impressão de estar abandonada.

— Bião — perguntou Nirkis —, o que você sabe sobre essa entidade?

— Parece — respondeu o alquimista — que é uma maga que desenvolveu a capacidade de envelhecer quem quiser, apenas com o poder do olhar. Pelo que entendo, ela suga a energia vital das pessoas, acelerando a morte.

— E como se destrói isso? — perguntou Rast.

— Não tenho a menor ideia, mas se ela olhar nosso mago...

Um tremor gelado percorreu seus corpos. Na cabana tudo estava quieto, como se o morador aguardasse sua vítima.

— E os centauros? — perguntou Nirkis.

— Esses eu conheço bem — respondeu Votorus. — São violentos e assassinos, além de adorarem carne humana.

Nirkis engoliu em seco.

Parecia que o momento era decisivo. Mas o grupo sabia que, apesar de o mago ter ido na frente, todos também já estavam lá. Firmes, obstinados.

Agacharam-se e ficaram esperando.

No alto do penhasco, o grupo agitou-se ao ver Molinar sair das pedras e caminhar tranquilamente em direção à cabana. Parou a dez passos. Retirou do cinto a esfera branca e concentrou-se. Esta flutuou e deslocou-se até ficar sobre a tosca habitação. O mago emitiu um som agudo e a esfera desceu como um peso de chumbo sobre o teto. O efeito foi como uma explosão. A bola tornou a levitar, e ficou parada pouco acima. A porta abriu-se, e um rosto assustado de menina apareceu. Imediatamente Molinar multiplicou sua imagem por sete. E agora eram sete magos parados observando a menina sair. Ela encarou-os como se tentasse entender a situação. Mas Molinar não se deixou enganar e lançou um raio na direção dela. Acertou o peito da menina em cheio.

Sobre o rochedo, o grupo espantou-se:

— Mas o que é isso? — falou Nandere. — Por que atacar uma criança assim?

— Quieta — sussurrou Bião. — Olhe.

Quando a fumaça dissipou-se, a menina estava no chão. Mas já não era mais menina. Levantou-se, e o grupo, assombrado, viu que agora tinha forma de adolescente. Ela ergueu a cabeça, e de sua testa saíram dois turbilhões de um fumo negro que atingiram um dos Molinar. Felizmente era uma das imagens, que desapareceu. Era uma questão de sorte. Enquanto ela atingisse apenas as imagens, Molinar ia a destruindo. Se ela acertasse o Molinar real, seria o fim.

O mago emitiu um som, e a esfera lançou um raio nas costas da entidade, enquanto ele próprio lançava uma bola de fogo na direção dela. Elli tornou-se uma mulher madura. Ela imediatamente atacou com seu fumo negro outra imagem, que sumiu. O mago levantou as mãos, e das pontas dos seus dedos saíram chispas azuis que, no trajeto até Elli, solidificaram-se, atingindo-a em vários pontos. Sua forma mudou para uma idosa de longos cabelos vermelhos, coberta de trapos. Inesperadamente, ela ergueu os braços e sumiu. Preparado, o mago emitiu outro som, e da esfera saiu uma nuvem de pó cinza que se espalhou por toda a clareira. Uma fina camada depositou-se sobre a velha, que pôde ser vista em sua silhueta. Molinar então fez um gesto, e a silhueta ergueu-se no ar como se sustentada por fios invisíveis. Da esfera, um feixe de luz envolveu-a. Nesse processo, sentindo-se dominada, a entidade ainda conseguiu emitir um turbilhão de fumo mental em direção ao mago, mas acertou somente outra imagem. Rapidamente, Molinar correu e entrou na cabana, enquanto Elli permanecia flutuando, sob o domínio da esfera. Quando voltou, o mago trazia uma caixa negra, que depositou no chão e abriu. De dentro tirou um cristal marrom. Direcionou-o para a velha e concentrou-se. Do cristal, saiu um feixe de luz da mesma cor marrom, que envolveu a maga. Ouviu-se um grito, e Elli reapareceu na sua forma de velha decrépita. Com a força do cristal gerador agora unida à força da esfera, a entidade foi se desintegrando, contorcendo-se, até desaparecer no ar. A esfera caiu de um lado e, esgotado, segurando o cristal, Molinar desabou do outro.

Em cima do rochedo, Votorus deu a ordem:

— Vamos, é a nossa vez.

O grupo desceu correndo em direção ao mago.

A chegada na clareira foi simultânea: de um lado, o grupo de luta, do outro, os centauros.

Sem tempo para qualquer raciocínio ou planejamento, a batalha começou. Atraídos pelo som dos raios e gritos de Elli, os centauros já chegaram enfurecidos. Portando arcos e flechas, e alguns deles, clavas, atacaram como se ainda fosse possível salvar a vida da bruxa. O caos foi total. Enquanto Bião e Tiar corriam para o desfalecido Molinar, Votorus já derrubava um deles com um golpe certeiro. Nirkis percebeu que se uma flecha acertasse Nandere, a água do traje se perderia, e seria seu fim. Correu até ela, mas surpreendeu-se ao vê-la já atacando com sua afiada espada de osso. Ágil, a nixe saltou sobre o dorso de um centauro e degolou-o sem que este tivesse tempo para qualquer reação. Entusiasmado por ver sua amada lutando tão desenvolta, o compilador armou-se com o Floc e disparou. Como o aparelho era comandado por sutis toques de dedos, e lançava seus feixes em todas as direções, foi uma saraivada de precisas perfurações nos centauros, que assustou até mesmo os companheiros de Nirkis. Em poucos segundos o treinado compilador de Emoto derrubou metade deles. Rast, que até ali havia conseguido esfaquear apenas um, olhou para Nirkis e sorriu. Os centauros pararam sem saber direito de onde vinha tanto poder de destruição. Nesse momento de hesitação, Votorus e Nandere derrubaram mais dois. Os restantes fugiram apavorados.

Os alquimistas, que haviam se mantido alheios à refrega, já reanimavam o mago, que, com as forças que voltavam, gritou:

— Não toquem no cristal gerador!

A pedra ficou ali, caída no chão, ao lado da caixa preta.

Reunido o grupo e recuperado o mago, todos os comentários elogiavam a arma e o desempenho de Nirkis. Contra seres materiais era um sucesso inegável. Cada vez mais ficava evidente que o acidente com o cubo, trazendo o compilador a Khom, fora uma providência dos deuses. Ele próprio sentia que forças primitivas, até então adormecidas em seu mundo de lógica, começavam a aflorar, tornando-o cada vez mais parte daquele povo.

♈

— Muito bem, muito bem, chegou a hora de saberem do que se trata — disse Molinar.

Estavam tomando o grande alimento. O grupo, principalmente Votorus, havia insistido para que o mago revelasse o próximo passo da missão. Sabiam que o cristal gerador fornecia energia negativa para os outros cristais roubados das minas. Mas onde eles estavam? E como isso era feito?

— Os cristais estão concentrados em algum ponto secreto de Khom — respondeu Molinar. — Para enfraquecê-los é preciso mudar o alinhamento do cristal gerador. Se vocês acham que passaram por provas difíceis até aqui, não imaginam o que está por vir.

— Como assim? — assustou-se Rast.

— É preciso grande poder para transformar o Mal em Bem. Eu não o tenho.

— Como faremos, então? — perguntou Bião.

— Temos que descer a Niflheim — sentenciou Molinar.

Pelo tremor do grupo, Nirkis já imaginou o que significava aquilo. Mas arriscou a pergunta:

— O que e onde é isso?

— É o país dos mortos — explicou o mago. — Uma terra abaixo do país de Khom. Lá há forças neutras que, se corretamente trabalhadas, podem inverter as correntes do cristal.

— Não entendi — estranhou Nirkis. — Então esses cristais aceitam programação, como em Emoto?

— Não sei como é no seu mundo — disse Molinar —, mas em Khom a programação é mental. AT-VUN-DAR-PA, a entidade responsável pelo avanço do Mal, programou os cristais. Ele é poderoso. Para inverter sua programação, somente outro poder igual.

— E quem possui esse poder? — perguntou Bião, já intuindo a resposta.

— A deusa Hel — completou Molinar.

Rast coçou a cabeça, Votorus sentou-se, Bião e Tiar entreolharam-se, e Nandere sufocou um grito. Prevendo a pergunta, Molinar explicou a Nirkis:

— É a rainha do país dos mortos. Em sua morada ela tem poder absoluto sobre as forças da natureza. Poderá sugar o Mal programado neste cristal marrom, deixando-o livre para que o transformemos em Bem.

— E ela fará isso a nosso favor? — quis saber Nirkis.

— Só perguntando pessoalmente — respondeu Molinar, com um toque de humor.

— E como se chega nesse lugar? — continuou o compilador.

— Pelo que sei, só morrendo — opinou Rast.

— Não — discordou Bião. — Niflheim tem muitas entradas. A morte é apenas uma das passagens.

— As outras — completou Molinar — são sempre vigiadas pelos guardas da rainha. Quem se atreve a penetrar é destruído, e jamais retorna. Neste momento a situação é diferente. Com o alastramento do Mal, alguns braços de AT-VUN-DAR-PA tomaram conta de certas passagens.

O mago olhou para a cabana de Elli, a velhice.

Houve um instante de incompreensão, logo seguido de um susto geral.

— Aqui? — gritou Votorus, levantando-se.

— É uma entrada, sim — confirmou Molinar. — Após o grande alimento, iremos por ela.

— Mas é uma simples cabana — estranhou Nirkis. — Nem Votorus cabe nela.

— É o que parece — replicou o mago. — E as maiores surpresas começam aqui. Por ela entraremos, inclusive os animais. Chega de conversa, é hora de agir.

Enquanto se aprontavam, Rast pensava: "Se eu voltar vivo do país dos mortos, então não preciso mais morrer, pois já conheço o lugar. Quem sabe a rainha não me dá a imortalidade".

Essa ideia absurda confortou-o naquele momento de medo.

Mal sabia ele que o país dos mortos é apenas um lugar passageiro. Um trampolim para dias mais felizes.

Molinar entrou primeiro. Havia algum efeito mágico naquela simples cabana que foi deixando os outros boquiabertos à medida que entravam. Por dentro ela era imensa. Nirkis não resistiu e saiu para conferir o tamanho por fora. Não tinha mais do que cinquenta metros quadrados. Altura de uns quatro metros. Ao entrar novamente, calculou que, por dentro, não deveria ter menos do que trezentos metros quadrados, e um pé direito de dez metros Era incrível!

— Não vejo nenhuma outra passagem — disse Votorus.

Realmente, na sala só havia objetos comuns: mesas, cadeiras, poltronas, algumas pedras, fogão e material de cozinha. Nem lareira tinha.

— Eu poderia indicar onde está — disse Molinar —, mas prefiro deixar que o especialista o faça: Rast.

O ladrão começou a tatear e a vasculhar a sala. Logo encontrou uma sutil diferença nas tábuas do chão.

— Está aqui — concluiu. — Mas não sei como funciona.

— Eu sei — completou Molinar. — Estão vendo aquele buraco perto do fogão?

— Observem, e fiquem alerta.

Molinar aproximou-se e derramou um pouco de água no buraco. As tábuas do chão que tinha uma diferença começaram a elevar-se. Aos poucos foram revelando uma escada que descia. De baixo vinha um cheiro fétido que repugnou a todos. Nirkis viu as tábuas pararem a uns três metros de altura. Parecia um elevador, mas o chão era a tal escada.

— Vamos — ordenou Molinar. — Ordem de batalha: Votorus, eu, Bião, Nandere, Nirkis, os cavalos, o unicórnio, as triatocamuns, Tiar e Rast.

— Os animais também? — estranhou o ladrão.

— Também. Não sabemos onde iremos sair. Pode ser que nunca mais voltemos aqui.

Com cuidado foram descendo por aqueles degraus nunca antes pisados pelos vivos.

A escada era pequena. Logo terminou em um salão de pedra em que não havia nada, a não ser duas outras portas e, surpreendentemente, tochas acesas pelas paredes.

— Deve ter alguém aqui — sussurrou Nirkis.

— Não — explicou Molinar. — Os caminhos dos mortos sempre são iluminados, para que vejam melhor as torturas que terão que enfrentar.

Observação macabra. Gelou a espinha de todos.

Quando Rast pisou no último degrau, a passagem acima fechou-se.

— Agora não há retorno — concluiu Bião.

Antes que o clima de tensão aumentasse, Molinar ordenou:

— Rast, ouça nas duas portas.

O ladrão cumpriu a ordem, mas nada escutou. Eram portas de madeira, com pesadas maçanetas de ferro. O mago não detectou o Mal em nenhuma delas.

— Vamos experimentar a da direita— decidiu.

Ele mesmo girou devagar a maçaneta. A porta se abriu sem dificuldade, revelando um corredor com várias outras tochas acesas. Dirigiu-se então para a outra porta e fez o mesmo. Trancada. Optou por seguirem pelo corredor, que era largo, comportando todo o grupo na ordem de batalha. Na parede da esquerda havia três portas. Terminava em uma parede após a terceira.

— Rast — disse Molinar —, passe para a frente. Daqui em diante, sempre que houver portas você as escutará primeiro. Procure também qualquer tipo de armadilhas ou alarmes.

Na porta do centro, o ladrão julgou ouvir guinchos, como se ratos brigassem. Silêncio nas outras duas.

— Vamos abrir a primeira — definiu o mago. — Votorus, abra devagar. Eu ficarei ao seu lado.

O guerreiro tocou a maçaneta e a porta desapareceu, podendo ver-se dentro da sala duas garças descansando em um ninho. Antes que alguém fizesse algo, Votorus entrou. E o grupo, assustado, viu o guerreiro, que entrara calmo, mudar de atitude e, desembainhando a espada, estraçalhar as pobres garças. Ninguém entendeu, mas precipitaram-se todos para lá. Transposta a porta, perceberam o truque. Dilaceradas pela espada de Votorus, estavam no chão duas pequenas panteras negras. No lugar do ninho havia um monte de esterco. Não havia nenhuma outra saída na sala.

— Foi uma boa lição — constatou Molinar. — Temos que estar preparados para a ilusão aqui dentro. Vamos à terceira porta.

Foi ele próprio quem a abriu. Outro corredor. Ignorando a segunda porta, seguiram por ele.

O corredor fazia uma curva para a direita e alargava-se. Virando, viram à sua frente uma pedra que unia o chão ao teto, deixando passagem pelos lados. Em seu centro havia inscrições. Atrás dela o corredor continuava.

Bião e Tiar aproximaram-se e traduziram em coro:

— Nove níveis não há.

Nenhuma vida haverá.

Nem sonhar necessário será.

Luz nas trevas o viajante verá.

O grupo entreolhou-se. A tradução estava feita. Mas qual era o significado daquilo?

Anotada a inscrição, o grupo seguiu pelo largo corredor. Tochas pelas paredes continuavam iluminando o caminho. Mais um pouco e o corredor estreitou-se outra vez, ficando com três metros de largura. Fez uma suave curva para a esquerda e terminou em uma parede de pedra. Rast adiantou-se e tateou à vontade, nada descobrindo. Foi então que se ouviu a flauta.

Vinda não se sabe de onde, uma melodia subia e descia em acordes rápidos e harmoniosos. Parava um pouco e tornava a tocar. Rast ainda ouviu as paredes, mas o som não parecia vir de trás delas. Era como se fosse oriundo do próprio ar. Todos ficaram parados ouvindo aquela música que, por sua beleza, contrastava com aquele lugar lúgubre.

Mais por curiosidade do que por qualquer outro sentimento, Molinar apanhou sua própria flauta e pôs-se a imitar aquelas escalas. Imediatamente a melodia modificou-se, como se respondesse ao mago. Este repetiu a nova música. Outra modificação. Molinar então tocou uma melodia diferente, de sua própria autoria. O som calou-se, e a parede do fundo ergueu-se, sumindo pelo teto. Agora via-se uma sala com estalactites e estalagmites perfuradas em vários lados. Ao levantar a parede, um vento frio fez estremecer o grupo, que chegou a recuar. Mas nada se movia ali. Aos poucos foram entrando. O local era irregularmente circular, de chão arenoso e paredes ainda de pedra. Não havia portas ou saídas. Em um canto, um velho sentado no chão observava os visitantes. As triatocamuns rosnaram, mas não se moveram, pois só agiam sob a ordem de Votorus. Mas era um sinal de alerta.

E o velho falou:

— Soprar, soprar, soprar.

Com sua voz, um vento percorreu a sala. Das estalactites e estalagmites perfuradas fluíram sons desencontrados. Cada furo em cada uma delas emitia uma nota à passagem do ar. Era uma orquestra de pedra sob a direção de um maestro de pulmões poderosos.

E ele repetiu:

— Soprar, soprar, soprar.

Novos sons.

Molinar encarou-o e fez um sinal para que ninguém se movesse.

E o velho continuou:

— Soprar, soprar, soprar, para os ouvidos dos mortos estourar.

Ele falava baixo, mas o vento provocado por sua voz inundava o ambiente. Molinar notou que o velho estava preso às rochas por grossas correntes de ferro.

— Não somos mortos, velho — disse o mago.

A expressão do idoso, que antes era de apatia, tornou-se interrogativa.

— Não são mortos? — ele perguntou. — Mas vivos não entram aqui!

— Nós entramos — falou Molinar. — Precisamos encontrar a rainha.

— Aquela peste? — gritou o velho.

E a sala encheu-se de um vento poderoso. O grupo foi atirado para trás, alguns chegando a cair.

— Calma, velho — berrou Molinar. — Somos amigos. Fale mais baixo.

Seguiu-se um silêncio, após o qual o velho, com dificuldade, levantou-se. Olhou um tempo para todos e disse:

— Não devo maltratar os vivos. O que posso fazer por vocês?

— Quem é você e por que está aqui? — inquiriu o mago.

— Sou Vron, o corneteiro. Eu acordava todos os dias o exército da rainha. Diziam que eu tocava mal. As reclamações foram tantas que a rainha, aquela peste, me trancou aqui para eu acordar os mortos que entram em Niflheim.

— Mas nós somos vivos, Vron, e precisamos passar — disse o mago. — Se encontrarmos a rainha...

— Aquela peste!

— Poderemos interceder por você.

— Talvez seja melhor eu continuar aqui — disse o velho.

Sentou-se.

Molinar foi até ele.

— Não quer ser libertado?

— Aqui — disse o ancião — sou alimentado. Aqui vivo há trezentos e trinta e nove anos. Já me acostumei. Crio melodias novas todos os dias. A música é minha amiga. Eu não quero mais nada.

Em seus olhos brilharam pequenas lágrimas.

Até Votorus, endurecido pela formação militar, apiedou-se do velho. Mas era preciso ser prático, e Molinar continuou:

— Mesmo assim pode ajudar-nos a passar para encontrar a rainha?

O velho completou:

— Aquela peste!

Vron olhou, triste, para todos, como se previsse um destino de sofrimentos para o grupo.

— Acho que é uma decisão errada — disse. — Mas se é o que querem.

Ele soprou em uma direção específica no fundo da sala. Ali as areias revolveram-se e movimentaram-se em espiral ascendente, como um ciclone. Quando pararam, havia um buraco no chão, revelando uma rampa em declive.

— Por ali — disse Vron —, sei que se desce em direção ao palácio. Mas, por onde passarão e a que distância fica, não sei.

— Nós te agradecemos, amigo — disse Molinar. — Quem sabe um dia viremos resgatá-lo.

O velho resmungou. Organizando a ordem de batalha, desceram pela rampa, que era de pedra, ladeada por paredes de um material parecido com vidro. Enquanto o grupo descia ouviu-se o vento, e acima deles a areia vedou a passagem. Continuaram descendo e ouvindo, cada vez mais distante, o som da flauta, como se o velho chorasse melodias através das pedras.

Nirkis mediu a descida por horas.

Mais de três se passaram e a rampa não mostrava diferença: nem de ângulo, nem de material. Nada. Tudo igual. Permaneciam as mesmas paredes que pareciam vidro e o chão de pedra. Era como se ali penetrassem no mais profundo de Khom. Uma angústia ancestral atravessava seus corpos, quase minguando a vontade principal de restabelecer o Bem. Molinar decidiu parar e organizar o último alimento. Naquele corredor em declive foi feita uma refeição frugal, e o grupo sentiu-se como nas minas, mas agora mais distante de terreno familiar. Tudo tinha um clima de inesperado. Era impossível um relaxamento naquelas condições. Conhecedor, pelas informações oriundas da sabedoria dos magos, dos medos inerentes aos vivos, Molinar optou pela retomada imediata da marcha. O grupo seguiu descendo. Repentinamente a rampa nivelou-se e terminou em um minúsculo quarto redondo e — agora sim — de vidro, um pouco mais baixo do que o corredor. Não havia nem uma saída ou porta aparente. Rast tateou à vontade, mas era um aposento de nada. O grupo olhava para cima e para os lados, mas a lisura era total.

Estavam nisso quando o quarto se mexeu. Foram arremessados ao chão. Tudo se inclinava. Escorregavam para uma das paredes. Molinar notou que, através do vidro, quase imperceptíveis, podiam ser vistos dedos imensos segurando a sala. Acima deles, ou seja, pelo vidro do teto, uma enorme boca começou a surgir. O mago entendeu tudo. Iriam ser engolidos.

Gritou:

— Não! Somos vivos!

O movimento parou. A boca sumiu e viu-se um olho surgindo no teto da sala. A voz que retumbou a seguir evidenciou a figura gigantesca.

— Não como vivos.

Molinar aproveitou para reafirmar:

— Mas nós somos!

O ser, ou o que quer que fosse, começou a abaixar a sala, dizendo:

— Vivos têm pequeno teor de pecado. Mortos são mais gostosos.

E largou a sala com a delicadeza de um gigante. Todo o vidro das paredes, teto e chão espatifou-se. Triatocamuns, cavalos e unicórnio não se sentiram nem um pouco à vontade no meio daqueles cacos. O mago olhou para cima e viu um olho bisbilhotando o grupo.

— Por que essa violência? — gritou.

A resposta foi uma surpresa para a maioria.

— Só bebo mortos. Uriná-los é o meu prazer.

Ouvindo isso, a maior parte do grupo convenceu-se de que a coisa começava a ficar séria, e que o país dos mortos estava ficando próximo. Os horrores estavam começando.

Mas era preciso manter o moral. E Molinar não vacilou.

— Qual é o caminho para o palácio da rainha, bebedor de almas?

Após um instante de indecisão, o monstro informou:

— Cada caco contém uma mensagem. O vidro indica a passagem para o primeiro nível.

— Deixe-nos, idiota — ordenou o mago.

O monstro foi-se. Todos ficaram impressionados com a autoridade com que ele se impôs. Mas Molinar sabia que quanto maior a besta, menor o cérebro.

Agora era catar os cacos da sala para encontrar o elo perdido da mensagem em código do monstro. Distraídos, não perceberam que começavam a cumprir o primeiro verso da profética poesia da pedra.

Como a sala havia se espatifado, o grupo percebeu que um corredor seguia para a direita, com as paredes voltando a ser de pedra. Seguindo a indicação do gigante, os cacos foram apanhados, e, ao olhá-los contra a luz das tochas, viam-se imagens. A maioria continha cenas comuns em Khom: homens arando a terra, mulheres em afazeres domésticos etc. Nandere até identificou uma nixe entrando no palácio de Nixirânias. Mas foi a argúcia de Molinar que percebeu o único ponto em comum em todas elas: não havia cores. Todas as imagens eram em preto e branco. A descoberta não ajudava muito, pelo menos por enquanto. Seguiram pelo corredor.

Pouco à frente o caminho dividiu-se em três. E agora, qual seguir? O mago pediu a Nirkis que usasse o cubo como tela para oculopenetrar duzentos metros à frente. Os corredores do centro e da esquerda continuavam e sumiam. Já o da direita dava em uma espécie de porta. Além dela os raios do cubo não penetravam. Molinar decidiu seguir por ele.

Chegando à porta, que era de ferro, surgiu o primeiro problema: não tinha maçaneta ou fechadura. Votorus propôs usarem força, mas Molinar optou pela magia. Concentrando-se, aos poucos fez a porta se abrir. Perceberam que, na verdade, era um triângulo de ferro, que girou sobre si próprio, revelando uma passagem estreita, mas suficiente para irem um a um. O primeiro foi o próprio mago. À sua frente a visão era de indescritível beleza: paredes quadriculadas de todas as cores, inclusive o teto. Mesmo Nandere, acostumada ao colorido do seu lago, extasiou-se com a beleza daquele lugar. Mas Molinar não se deixaria enganar tão facilmente.

— Tem algo errado aqui — disse. — Armem-se.

Imediatamente alguns quadrados abriram-se, e deles saíram lanças de gelo que voaram em todas as direções. Foi uma loucura. Todos procuravam desviar-se delas. Quando os quadrados abertos se fechavam, outros se abriam e lá vinha uma nova saraivada de lanças. Rast era ágil, e o guerreiro defendia-se com o escudo. Mas os outros estava desprotegidos. Nandere gritou:

— Vou fazer uma barreira aqui. Molinar, elas são de gelo. Atire fogo nas paredes.

Uma barreira em forma de cúpula envolveu todos, e Molinar lançou uma bola de fogo em todo o ambiente. Todas as portas se fecharam e tudo ficou quieto.

Era hora de parar e estudar a situação.

✠

— Perceberam que só as brancas se abriram? — observou Nirkis.

— Sim — confirmou Votorus. — Mas, e daí, a sala não tem portas.

— Tem que haver — afirmou Molinar. — Esta é uma passagem, não um beco sem saída. E se a armadilha é feita para os mortos, depois do castigo eles têm que seguir em frente. Tem que haver uma passagem.

O grupo olhou o quarto em uma evidente tentativa de compreender a lógica daquilo. Nirkis sentiu a possibilidade de aplicar seus conhecimentos na solução do problema.

— Molinar — disse —, posso sugerir uma estratégia?

— Diga.

— E se você, voando, tocasse alguns quadrados para sabermos o efeito? Ficaríamos preparados e, aos poucos, eu poderia encontrar a base estatística desta armadilha.

— Como assim? — perguntou Bião.

— Deve haver uma sequência racional de quadrados para o disparo das lanças. Invertendo seu caminho, lá pode estar a solução.

Refletindo o pensamento do grupo, Nandere olhou com admiração para seu compilador.

— Faremos isso — concordou Molinar.

Então voou para o centro da sala.

Nirkis guiou Molinar pelo mesmo caminho percorrido pelas lanças até o grupo.

— Tente agora o mesmo caminho de lá para cá, tocando nos quadrados pretos.

Molinar obedeceu e, ao tocar o terceiro, uma lança foi arremessada. O mago, preparado, lançou-lhe magia de telecinese, e ela ficou flutuando no ar.

Mantendo-a nessa situação, Molinar seguiu em sequência tocando os quadrados pretos. Na penúltima fileira do teto, outra lança foi acionada. No momento em que atacava, Molinar atirou-lhe a lança, que flutuava. Como provavelmente elas não tinham inteligência, atacaram-se umas contra as outras, ignorando a presença do grupo.

Na feroz batalha que se seguiu, elas chocaram-se com vários quadrados, já que apenas se preocupavam em atacar e defender-se. E aí, viu-se um espetáculo impressionante: fascinados, e até com um certo humor, todos viram aparecer várias passagens pela sala. Portas e alçapões abriam e fechavam-se nas laterais e para cima, nos quadrados. A rapidez era alucinante, pois as lanças lutavam e movimentavam-se com extrema agilidade. Em pouco tempo a situação tornou-se irritante, já que elas nem ao menos conseguiam destruir-se, tendo o mesmo poder de ataque e defesa.

— Isso vai durar muito tempo — observou Votorus.

— Uma bola de fogo daria conta das duas?

Respondendo com ação, Molinar lançou a bola. Nem enquanto derretiam pararam de lutar. E a calma invadiu o ambiente.

— E agora? — perguntou Bião. — Na rapidez da luta não se via qual quadrado abria as passagens.

— É simples — explicou Nirkis. — Cada uma delas batia sobre o primeiro quadrado preto à sua frente, depois saía trombando sobre os brancos. Só no momento da luta, sem poder escolher, elas batiam nos coloridos. Tirando todos os brancos e os pretos, que não acionam nada, são os coloridos que abrem as passagens.

Sua lógica e capacidade de observação devem ter impressionado até as triatocamuns. E continuou:

— O x da questão é: há várias passagens; depois de abertas, qual escolheremos?

Ao falar em x, seus olhos brilharam. Sem dar tempo para debates ou comentários, falou:

— Claro! As paredes e o teto formam três diagonais em X, então temos três grandes diagonais pretas. Mas percebam que no centro de cada x, o quadrado é vermelho. No centro de um desses x vermelho deve estar a passagem certa.

E sem esperar permissão, saltou na parede direita no centro vermelho, onde bateu, decidido, com os dois pés. No fundo da sala abriu-se uma passagem que dava para outro espaço em forma de trapézio, muito simétrico ao da entrada.

Contudo, outro efeito inesperado aconteceu: todas as lanças recompuseram-se e voltaram aos seus quadrados.

Após o susto, bem devagar e protegendo-se, seguiram até o outro lado. Por ali um corredor seguia em frente, com chão e paredes de pedra, e tochas acesas na parede.

O último a sair foi Rast que, olhando para trás, pensou: "O que será que tem atrás dos quadrados das outras cores?". Depois concluiu: "Isso é coisa para os mortos, não é comigo".

O grupo seguiu pelo corredor em ordem de batalha. Já era tarde e Molinar percebia o cansaço e a fome nos rostos dos companheiros. Decidiu parar e acampar por ali mesmo. Já haviam tomado o último alimento, mas uma refeição simples foi preparada por Tiar.

Escalonados os grupos de vigia, deitaram e dormiram quase que de imediato. O primeiro turno coube a Votorus, e tudo correu tranquilo. Era de madrugada e estavam de guarda Rast e Nandere. Os dois perceberam que o sono dos companheiros começou a agitar-se. Estranharam, porque todos, sem exceção, mexiam-se e davam a impressão de estar tendo pesadelos. Antes que tomassem alguma atitude, o cavalo de Molinar relinchou alto, despertando todos, que acordaram assustados e tapando os ouvidos. O ladrão, sem entender, inquiriu Molinar com os olhos. Ele se levantou, dizendo:

— Os gritos! Milhares de almas sofrendo!

— Eu tive o mesmo sonho — disse Nirkis. — As almas gemiam e pediam a nossa ajuda.

— Tivemos todos o mesmo sonho — completou Bião. — Elas estão logo à frente.

Sem que fosse necessária qualquer ordem, o acampamento foi recolhido em um instante, e seguiram correndo pelo corredor. Meio atarantados, Rast e Nandere acompanharam a correria sem entender nada.

Não tinham percorrido cem metros e o corredor acabou em uma plataforma imensa. À sua frente estendia-se uma paisagem indescritível. Vales de pedra alternavam-se por quilômetros. Em seu interior corriam rios de água negra, dos quais, por vezes, subiam labaredas. Pelas encostas arrastavam-se espectros de vários tipos. Homens, animais e seres indefiníveis misturavam-se em um cenário de desespero e dor. Pelos ares, criaturas aladas deslocavam-se, ora carregando espectros nas garras, ora lutando entre si. O ambiente era permeado por fumaça, e o cheiro era horrível. Ali era o local do grande martírio.

Elevando os olhos, Molinar chamou a atenção do grupo.

— Vejam, lá no fundo, no ponto mais distante que podemos alcançar.

Quase fora da visão, sobre a última montanha daquela terra, divisava-se um palácio do qual irradiava uma luz acinzentada.

— Agora entendo tudo — disse o mago. — Graças à nossa qualidade de vivos, conseguimos pular etapas. O verso enigmático da pedra ficou claro. Bião, leia-o novamente para nós.

O alquimista assim o fez.

— Provavelmente, devido às nossas habilidades, pulamos vários níveis, evitando as armadilhas que apareceram. Este é o nível mais profundo, e aquele é o palácio da rainha. Toda essa poesia é inversa, pois estamos no país dos mortos. É preciso compreendê-la pelo contrário. Portanto:

Há nove níveis.

Há vida, sim, e passamos por ela: Vron, o corneteiro.

Foi necessário sonhar para chegarmos aqui.

E lá está o palácio irradiando trevas, em vez de luz.

O grupo olhou o lar da rainha, e a pergunta na mente de todos foi feita por Rast:

— E agora?

— Vamos direto para lá — sentenciou o mago.

— Como? — insistiu o ladrão.

Mas antes que Molinar respondesse, Nirkis disparou:

— Pelo cubo.

— Mas — estranhou Bião — não cabemos todos nele.

— Esqueceu que ele é uma porta de dimensão? — disse o compilador. — Se eu o acionasse apenas como transporte, ele desapareceria aqui, reaparecendo lá. Mas eu posso usá-lo como passagem de tempo. Programo sua função para sairmos lá alguns minutos antes deste momento. Assim ele funcionará como porta, e não como teletransporte. Ele estará aqui e lá simultaneamente.

Ninguém entendeu muito bem, mas a confiança no compilador já era total.

— Só há um problema — continuou. — Como não conhecemos o palácio, a materialização do cubo lá pode dar-se num ambiente habitado, e não sabemos que recepção poderíamos ter.

— E qual é a solução? — perguntou Molinar, desconfiado.

— Eu vou voando à frente e quando chegar lá encontro um local isolado, criando a porta de dimensão de lá para cá.

— Não! Sozinho, não — disse Nandere.

— Ela tem razão — completou o mago. — Vou com você. Somos os únicos que podemos voar, e você precisa de proteção, pois o Floc aqui não adianta nada.

— Está certo — aceitou Nirkis.

— Votorus, na minha ausência, você é o líder — ordenou Molinar. — Rast, providencie camuflagem para todos. Sugiro que esperem na boca do corredor.

Nirkis olhou para Nandere com um sentimento de confiança, na tentativa de tranquilizá-la. Em seguida, voltou-se para o mago.

— Vamos?

E ergueram-se, decolando para a fortaleza de Hel.

De cima a visão era ainda mais assustadora. Principalmente porque ao vê-los, os espectros gritavam em sua direção e erguiam os braços pedindo socorro. Nirkis compadeceu-se de toda aquela multidão sofredora. Mas, adivinhando-lhe o pensamento, Molinar disse:

— Ignore, meu amigo, ignore. Eles precisam passar por isso. A purificação leva tempo. No futuro eles terão chance de melhorar.

O compilador decidiu não olhar mais para baixo, concentrando-se no palácio que se aproximava.

Era uma construção estranha. Parecia ser de pedra, mas havia algo de metal também. De suas janelas saía uma pálida luz cinzenta.

— Nirkis — alertou Molinar —, observe no ponto mais alto do palácio uma abertura em forma de olho. Lá deve ser o ninho da rainha. Do lado direito há uma plataforma.

O compilador viu muito movimento nessa plataforma, com seres que aterrizavam e decolavam por ali.

— Pela plataforma — continuou o mago —, os servos de Hel entram com os espectros para julgamento. Temos que contornar o palácio e procurar uma passagem por trás.

— Fora os seres alados — observou Nirkis —, não vejo nenhum guarda.

— Para que? Quem poderia oferecer algum perigo? A última coisa que se esperaria é que vivos teriam a coragem de descer até aqui. Esta é a nossa vantagem: temos a surpresa ao nosso lado.

Mas não era bem assim. Enquanto conversavam, um dos seres alados aproximou-se por trás e os atacou. Ao vê-lo, Nirkis assustou-se e atacou com o Floc. O feixe de luz atravessou a criatura sem causar nenhum dano. Molinar apenas olhou, enquanto o ser tentava segurá-lo com as garras, que trespassaram seu corpo sem tocá-lo. A criatura percebeu que algo estava errado e voou para o castelo.

— Mas... como? — exclamou o compilador, sem entender.

— São sombras. Como servos imateriais, têm poder somente sobre os espectros. Nosso corpo físico é uma impossibilidade para eles. O que me preocupa é que ele pode ter ido avisar sobre a nossa presença. Temos que ser rápidos.

Aumentaram a velocidade do voo, chegando em meia hora ao palácio.

Rodeando a construção, que de perto era imensa, descobriram uma pequena abertura lateral, de onde não saía luz. Pousaram em seu interior preparados para tudo, mas encontraram a sala vazia.

— Não toque em nada — sussurrou Molinar.

Mas não havia nada para ser tocado. Só paredes de pedra metalizada e uma abertura em uma delas. Na penumbra, seguiram por um corredor que deu em um ambiente inusitado: no teto estavam, de cabeça para baixo, uma grande mesa e dez cadeiras. Enquanto olhavam para cima tentando entender o uso daquilo, surgiram sobre a mesa alimentos que constituíam um delicioso banquete. O cheiro da comida invadiu a sala. Era de tal modo inebriante que transtornou os dois. Principalmente Nirkis, que, descontrolado, voou até o teto e apanhou um pedaço de carne. O mago também voou, dizendo:

— Não coma!

Mas o compilador já havia mordido. E o efeito foi instantâneo. Dormiu e desabou no chão. Lutando contra a fome hipnótica, Molinar desceu e amparou o amigo. Entornou-lhe pela garganta um pouco de poção de cura. Funcionou. Nirkis acordou já com o impulso de voar outra vez aos alimentos. Molinar segurou-o e puxou-o para uma passagem que havia ao fundo. No corredor, já sem sentir o aroma das comidas, o compilador como que acordou de um sonho:

— Mas o que aconteceu? — perguntou ao mago.

— Tentação. Hipnose. Magia. Este palácio deve estar cheio disso. É o motivo de não precisarem de guardas.

— Que horror! Era irresistível!

— Temos que ser fortes. E rápidos. Vamos.

Seguiram pelo corredor, que se estreitava a cada passo, chegando a uma largura em que só passava um de cada vez. E de lado.

— Detesto lugares apertados — comentou Nirkis.

Como se tivessem ouvidos, as paredes afastaram-se, tornando largo o caminho. Em compensação, o teto começou a descer.

— Também detesto lugares baixos — disse, rápido, Molinar.

O teto parou. O mago fez sinal com o dedo nos lábios pedindo silêncio ao amigo. Quando recomeçaram a caminhar, sentiram as paredes apertando-os como se não tivessem se afastado. Mas visualmente elas estavam longe. Com dificuldade, esfregando-se nas paredes invisíveis, atravessaram aquele compartimento de ilusão. Finalmente saíram em uma sala que parecia normal, com bancos espalhados e um altar em uma das paredes. Caminharam em silêncio. Não havia portas ou passagens visíveis. Foram até ao altar. Um degrau conduzia até um patamar de madeira, sobre o qual estava uma estátua de mulher. Era uma senhora de meia idade vestida com um manto negro. Seus olhos estavam fechados, e os braços pendiam ao lado do corpo.

— Molinar, aqui é suficientemente amplo para o cubo. Você detecta Mal?

— Em Niflheim não há Mal nem Bem. Há apenas o poder da rainha.

— Que acha de trazermos os outros?

— Sim. Quanto mais rápido, melhor.

Quando Nirkis ia colocar a plaqueta no chão, a estátua abriu os olhos e falou:

— Vivos! Mas se eu quiser, serão espectros.

Molinar tornou-se sete, e Nirkis caiu sentado.

— Eles saíram já faz muito tempo — observou Nandere.

— Paciência, minha bela — respondeu Bião.

O grupo havia recuado para um canto da plataforma. Estavam irritados com a espera, e Votorus caminhava de um lado para o outro. O mau cheiro e o calor que vinham de baixo incomodavam muito. Rast havia novamente entrado pelo corredor para olhar mais uma vez a sala xadrez. Quando deram por sua falta, Votorus irritou-se mais ainda.

— Ladrão irresponsável — esbravejou. — Nossas ordens foram para permanecermos aqui. E juntos.

E com toda a força de seus pulmões, gritou:

— Rast!

O ladrão voltou correndo, e ao chegar levou a repreensão do guerreiro:

— Não saia mais daqui!

Era impossível discutir com aquele gigante.

Contudo, como se atendendo também ao chamado de Votorus, um grito esganiçado elevou-se das profundezas do vale mais próximo.

— O que foi isso? — perguntou Tiar.

A resposta foi dada pelo unicórnio, que se tornou invisível.

— Pelos deuses! — assustou-se Votorus. — Armem-se!

Mal ele falou, e na beirada da plataforma surgiu uma pata negra, seguida de uma imensa cabeça de cão. Depois outra. E depois outra. Na plataforma subiu Garm, o negro cão de três cabeças, guardião de Niflheim. Seus olhos vermelhos injetados demonstravam uma fúria secular. O grupo estava paralisado. Perto dele até Votorus era um anão.

As cabeças moviam-se independentes, estudando aqueles intrusos. Votorus tomou a balestra e disparou uma flecha. A rapidez com que uma cabeça abocanhou a grande seta em pleno voo arregalou os olhos de todos. Como lutar com aquilo? Sem Nirkis e Molinar, estavam à mercê daquele animal.

Garm deu um passo à frente e o grupo colou-se contra a pedra do fundo da plataforma. Até as triatocamuns estavam agachadas de medo. Votorus já empunhava sua espada e preparava-se para o combate inevitável, quando sentiu a mão de Nandere puxando o seu braço. Ela fazia que "não" com a cabeça e indicava que ele deveria baixar a guarda. De estalo, Bião compreendeu.

— Claro, ela tem controle sobre os animais.

A nixe adiantou-se e encarou a fera, concentrando-se. Garm hesitou. A força mental da princesa era grande, obrigando a sua irracionalidade de fera ancestral a lutar entre o instinto e a nova ordem. Nandere adiantou-se mais e Garm recuou. Não queria lhe obedecer, mas também não podia ser amistoso. Na indecisão, olhou para o palácio da rainha Hel e ganiu. Aquele ganido das três cabeças ecoou pelo vale de uma forma que deve ter acordado até as pedras, pois os gritos e as lamentações das almas abaixo silenciaram. Do palácio deve ter voltado alguma ordem, pois o cão retomou sua força e autoridade. Em vez de atacar, sentou-se nas patas traseiras, e as cabeças rosnaram para o grupo. Dava a entender que a situação chegava a um impasse.

Pelo menos por enquanto, a força de Nandere equilibrava-se com a da rainha no comando daquele animal.

Até quando aquilo iria durar?

Mesmo sentado, e sob o efeito do susto, Nirkis armou-se com o Floc. Começava a ficar mais acostumado com a magia, e a reação foi instintiva. Mas, antes que tomasse qualquer atitude, os sete Molinares gritaram:

— Não, Nirkis! Vamos ouvir.

Então, a estátua continuou:

— Nos domínios de Hel a vida não é permitida. Só a morte vive.

— Gostaríamos de saber com quem estamos falando — disseram os sete Molinares.

— Em Niflheim, falar com qualquer um é falar com Hel.

— Somos da confraria branca em missão especial pelo equilíbrio em Khom. Sabemos da proibição da vida aqui. Viemos em paz falar com a rainha...

— ... Que não gosta de imagens falsas — completou a estátua.

Levantando um braço, fez desaparecerem as seis réplicas de Molinar. Só então Nirkis percebeu o imenso poder de Hel. Lutar contra uma deusa é a maior das idiotices. O mago, imperturbável, continuou:

— É de extrema importância a informação que trazemos. Humildemente pedimos audiência com Hel.

Nisso, ouviu-se um ganido vindo de longa distância. A estátua virou a cabeça na direção do som. Em seguida sorriu, voltando-se para Molinar.

— Vocês devem estar desesperados, para virem até aqui. A presença da nixe junto ao grupo é um sinal. Ela está fazendo um grande esforço com Garm.

— Quem? — perguntou Nirkis.

— Insisto na necessidade de uma audiência — disse Molinar.

— Aumentar a população de espectros é sempre interessante — continuou a estátua. — Vamos fazer um jogo: continuem seu plano trazendo o resto do grupo para cá. A rainha, evidentemente, está em algum lugar do palácio. Se conseguirem encontrá-la, terão sua audiência. Os que ficarem pelo caminho se tornarão seus súditos.

— Temos pressa — interrompeu o mago.

— Mas a rainha não. Ela é eterna.

E fechou os olhos, calando-se.

Sem perder tempo, Molinar ordenou:

— Nirkis, é hora do cubo.

Os comandos foram dados e a parede branca surgiu à sua frente. Molinar e Nirkis precipitaram-se por ela. Saíram bem entre Nandere e Garm na plataforma. As almas que estavam silenciosas aterrorizaram-se ainda mais com o berro do compilador ao ver o cão de três cabeças.

Imediatamente, Molinar gritou:

— Todos para o cubo! Nirkis à frente, Nandere por último!

Enquanto a nixe mantinha Garm imóvel, Todos entraram pela parede branca. Ao final ela também entrou correndo. E o cão atrás. Felizmente só cabia uma das cabeças, que surgiu, latindo, na sala do palácio em que todos já se julgavam em segurança. No susto, Molinar lançou um raio, que o acertou bem no focinho. Garm recuou, e Nirkis transformou o cubo em plaqueta.

A confirmação de que estavam fora de perigo foi dada pelo unicórnio, que reapareceu.

Enquanto se recuperavam, Molinar relatou o ocorrido ali. A necessidade pedia urgência, mas o grupo estava cansado, pois não haviam nem dormido nem se alimentado direito. Aproveitando a ausência de saídas e a quietude daquela sala, comeram e prepararam turnos de guarda para dormirem.

Era uma situação para contar aos netos: dormindo no palácio da rainha dos mortos.

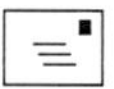

Pelo visto, Hel havia permitido que descansassem, pois não foram incomodados durante o sono.

Feito o alimento rápido — sempre muito demorado para Nirkis — Rast tateou a sala à procura de passagens. Nada. Só a porta por onde entraram.

— É no altar — afirmou Bião.

Olhou para Molinar, pedindo autorização. Este concordou e Bião levantou a estátua da mulher. Havia um buraco embaixo, cheio de lama cinza. O alquimista enfiou a mão e retirou-a. Era lama comum, e nada aconteceu de especial. Mas quando pousou a mão sobre o altar, que também era de pedra, ela atravessou-o como se ele não existisse. Espantado, mas compreendendo o efeito, Bião lambuzou-se todo nessa lama e foi de encontro a uma parede, atravessando-a.

— A lama anula a dureza dessas pedras — disse, ao voltar.

— O que tem do outro lado? — perguntou Molinar.

— Não sei, estava completamente escuro.

— Vamos nos enlamear e entrar todos de uma vez — ordenou o mago.

Nirkis, use o holofote semiesférico.

Felizmente o buraco era fundo e a lama deu para todos.

Ultrapassada a parede, o grupo deu nas margens de um lago imenso. Não se via a outra margem, já que o holofote alcançava apenas vinte metros. Era impressionante um lago daquele tamanho dentro do palácio. Suas águas eram calmas, mas vermelho-escuras. Aquela cor não agradou a ninguém.

— Vamos caminhar pela margem para ver até aonde vai — decidiu Molinar.

Transpostos uns cem metros, viram um barco pequeno, encalhado, e sentado nele, um velho fumando cachimbo. Parecia um velho comum, com roupas de marinheiro e barba grisalha. Como seu olhar era amistoso, Molinar dirigiu-se a ele.

— Bom dia.

— Como sabe que é dia? — retrucou o velho.

— Você não sabe?

— Não, aqui é sempre igual.

— Você vive aqui há muito tempo?

— Tempo? O que é tempo?

Molinar olhou para o grupo com ar de piedade. Rast segurava o riso.

— Este lago é muito grande? — tornou o mago.

— Depende.

— Do quê?

— Do dinheiro.

— Que dinheiro?

— Ora, do seu dinheiro.

— Para que precisaríamos de dinheiro?

— Eu sou um barqueiro sério, não brinque comigo, rapaz.

— Não estou brincando, só não entendi o que você quer dizer.

O velho respirou fundo e explicou:

— O tamanho do lago é proporcional ao seu pecado. Para atravessar, você tem que pagar. Com dinheiro. Se pecou muito, precisa de muito dinheiro.

— Sinto desapontá-lo, mas não somos mortos. Somos vivos querendo encontrar a rainha.

O velho levantou-se de um pulo. Seu cachimbo caiu. Olhava o grupo, espantado, como se tivesse visto um bando de espectros. Repentinamente, saiu correndo e desapareceu na escuridão.

— Que doido! — exclamou Rast. — E agora?

— Vamos continuar pela margem — optou Molinar.

Mais alguns metros e deram com um paredão de pedra, que subia liso e íngreme.

— Não há saída — concluiu o mago. — Temos que atravessar o lago.

Voltaram ao barco.

— Eu e Nirkis iremos voando. Os outros e os animais, embarquem.

Votorus, com sua imensa força, remava na popa. O mago e o compilador voavam baixo para iluminar o caminho.

Durante meia hora tiveram por companheiro o barulho do mergulhar do remo na água, o restante era um silêncio absoluto. Molinar decidiu subir e tentar ver à distância. Não conseguiu, mesmo com sua habilidade de enxergar no escuro.

Continuaram por mais algum tempo, até que o barco encalhou na areia. Era outra praia igual à de onde saíram.

— Não estou gostando disso — comentou Votorus. — Está muito quieto aqui.

De repente ouviram uma voz:

— Gostaram do passeio?

O barqueiro reapareceu, seguido por seis outros absolutamente iguais.

— Como você chegou até aqui? — perguntou Molinar.

— Só fui buscar meus irmãos. Nunca vimos vivos antes. Se eu não mostrasse, iam achar que estava mentindo.

— Mas como chegaram tão rápido até esta outra margem?

— Outra margem? Como assim?

— Quer dizer que voltamos à mesma praia? — surpreendeu-se Nirkis.

— Claro! Vocês não podiam atravessar. Não pagaram!

Votorus, com sua impaciência habitual, adiantou-se:

— Não gosto de perder meu tempo. Onde é a saída daqui?

Os velhos voltaram-se e saíram correndo. Mas antes de desaparecerem, Molinar lançou-lhes paralisia mágica. Congelaram na posição de corrida. O mago foi até eles.

— Agora não podem mentir nem omitir nada. Onde é a saída?

— Atravessando o lago — disseram os sete.

— Como se atravessa?

— Só de barco — repetiram em coro.

— Queremos que vocês nos levem.

— Só pagando.

— Se pagarmos temos a garantia de sua ajuda?

— Sim.

— Então pagaremos. E não lhes faremos mal.

E descongelou-os.

Meio desconfiados, voltaram ao barco.

— Rast — ordenou o mago —, me dê suas moedas.

— Ah, não! — resistiu o ladrão.

— Sem discussão. Seu dinheiro pertence a Khom.

Muito, mas muito a contragosto, o ladrão entregou tudo o que tinha. Bião e Tiar riram muito, porque a tristeza do ladrão era sincera. Como alguém podia ser tão apegado a moedas?

— Isso é suficiente? — perguntou Molinar aos barqueiros.

Eles contaram e recontaram. Conversaram entre si e não conseguiam chegar a uma conclusão de quanto deveriam pagar os vivos por uma travessia. Por fim, devolveram metade do dinheiro, dizendo que era muito. Rast rejubilou-se.

— Só tem um problema — percebeu Votorus — não vamos caber todos.

— Isso é fácil — disse um dos velhos.

Dois deles, um de cada lado, puxaram o barco, que esticou e aumentou como se fosse de borracha. Nirkis não parava de se assombrar. Cada hora era uma surpresa.

Embarcaram todos, inclusive os sete velhos, que remavam em conjunto. Agora iam muito mais rápido. Mas em direção a quê?

Só a chegada na outra margem diria.

⌘

Para espanto de todos, pela primeira vez Molinar começou a irritar-se. Já estavam há um bom tempo naquela travessia que não acabava nunca. O mago impacientava-se com a demora, pois lá em cima o segundo sol poderia estar enegrecendo. Além disso, era hora do grande alimento, e os estômagos reclamavam-no.

Contrariando sua costumeira serenidade, Molinar gritou aos barqueiros:

— Exijo que cheguemos ao destino. Estão muito lentos.

— Temos que cumprir a distância relativa aos seus pecados, tentou explicar um deles.

— Já disse que somos vivos — berrou o mago. — Acabem logo com isso.

— Não podemos modificar a lei — lamuriou-se outro.

Molinar, então, elevou-se e jogou magia de telecinese no barco todo, que flutuou alguns metros acima d'água. Os velhos tremiam encolhidos em um canto.

— Para onde? — intimou o mago.

Não obteve resposta. Os barqueiros estavam paralisados de medo. Mas, como que respondendo ao acesso de Molinar, uma luz cinzenta brilhou logo à frente. Concentrado e flutuando, o mago rebocou todo o conjunto na sua direção.

Chegaram a um cais de pedra onde estavam alguns dos seres alados espectrais. O barco foi depositado na água e todos desceram. Os velhos imediatamente desapareceram, remando de volta.

As aves fantasmagóricas encaravam o grupo como se estudassem as atitudes e intenções de cada um. Os animais sentiam-se intimidados por elas, e até as triatocamuns encolheram-se, quietas. Desse cais partiam várias ruas com construções estranhas e macabras. Tudo agora era iluminado em cinza, e todo o material era de pedra; a mesma pedra metalizada do palácio de Hel. Ninguém sabia como agir, mas Molinar estava no auge da sua impaciência. Apanhou a esfera e concentrou-se. Um fino facho de luz uniu-se a uma das aves, que foi envolvida por uma aura de luz azulada. Todas as outras desapareceram, voando. Mas aquela estava aprisionada e sob controle.

Molinar ordenou:

— Leve-nos direto à rainha.

Lentamente a criatura voltou-se e flutuou por uma rua com lento bater de asas. E o grupo foi atrás.

As construções sucediam-se. Altas, baixas, largas, estreitas, sempre de portas e janelas fechadas. Não se via ninguém. Mas todos tinham a sensação de estarem sendo observados. O unicórnio por duas vezes tornou-se invisível, sendo necessário que Votorus o chamasse novamente à visibilidade.

— Não vamos comer? — perguntou Rast, tímido mas faminto.

Recebeu um olhar misto de reprovação e impaciência do mago.

A ave dobrou uma esquina, e assim chegaram a um portão gigantesco. Esse portão era a única coisa que não era de pedra por ali. Tinha a forma convencional, com duas portas nas quais havia argolas de puxar e dobradiças nos cantos. Só que era de fumaça. Sua altura era o equivalente a quatro Votorus, e, pela largura, passariam dois poenors.

Como o ser alado espectral ficou parado à sua frente, Molinar deduziu que sua entrada não seria permitida, e libertou-o, que desapareceu, voando.

Antes que alguém perguntasse como entrariam, o mago elevou-se para tentar ver por cima. O portão-fumaça cresceu até a altura em que o mago foi.

— Parece que é mais uma prova — disse Molinar assim que desceu. — Temos que imaginar um meio de entrar.

— Do que será feita essa fumaça? — perguntou Bião.

Novamente surpreendendo a todos, o mago acalmou-se e disse:

— Depois veremos. Vamos comer.

Talvez quisesse mostrar à rainha que não tinham medo. Uma boa estratégia, que seria confirmada se conseguissem tomar o grande alimento em paz.

Mal haviam começado a comer, quando um menino surgiu andando no mesmo caminho pelo qual vieram. Suas roupas estavam em trapos, e ele tinha o olhar encovado pela magreza. Correu para o grupo e pediu comida. Disse que estava perdido e tinha muita fome. Não era espectro, e mesmo Votorus, com sua habitual desconfiança, condoeu-se do seu estado. E já ia dando algum alimento ao jovem, quando Molinar interrompeu.

— Não temos nada para dar. Vá embora.

Todos olharam sem entender. A criança dava pena. Só uma motivação oculta justificaria o gesto do mago. Mas a obediência naquele grupo já era uma prática consolidada, tal a confiança que depositavam no seu líder. Ficaram quietos, esperando.

— Vá — insistiu com o garoto.

— Por favor — implorou o pobre —, estou com muita fome!

Calmamente Molinar deixou seu prato e agarrou a criança. Arrastou-a sob enorme berreiro e atirou-a no portão de fumaça. Sumiu lá dentro. Todos ficaram apavorados. Parecia que Molinar enlouquecera. Sentindo a surpresa geral, o mago apanhou o prato em que comia e atirou-o também ao portão. Ao ser envolvido pela fumaça, o prato pairou no ar um instante e incendiou-se. Ninguém entendeu. Ele explicou:

— Aqui somos os únicos vivos. Não é porque o menino não tinha forma espectral que poderíamos considerá-lo humano. Lógico que era algum tipo de truque da rainha. Se não, como ele atravessou a fumaça e o prato, não?

— Talvez a fumaça só barre objetos inanimados — arriscou Nirkis.

— Quer experimentar? — devolveu o mago.

Como que confirmando as palavras do pen-khomiano, o menino voltou pela fumaça e encarou o grupo. Votorus levantou-se e desembainhou a espada.

— Rast, experimente uma adaga — sugeriu Molinar.

O ladrão arremessou uma adaga no garoto. Foi apanhada no ar com agilidade inumana e lançada de volta ao seu dono. Rast esquivou-se com a maior rapidez que pôde. Mesmo assim, a adaga pregou a ponta de sua capa no chão. Dois outros garotos surgiram da fumaça. Um era verde como Molinar, e o outro azul como Nandere. Também vestiam-se com trapos. Votorus avançou e desferiu violento golpe no mais próximo. Sua espada foi segurada com facilidade, e o pequenino arremessou o guerreiro a dez passos, como se ele não tivesse peso.

Molinar transformou-se em sete e lançou um raio no menino de cor humana. Com a mesma rapidez o menino esquivou-se. Nirkis não acreditava. Como ele podia ser mais rápido do que a luz do raio? Molinar tinha outra preocupação. Até agora eles tinham apenas se defendido. Como atacariam? Experimentou lançar uma bola de fogo. Um dos meninos saltou sobre ela sem esforço. Votorus arremeteu novamente com a espada, mas antes que chegasse aos três, eles deram-se as mãos e começaram a girar como se brincassem de roda. Sua velocidade foi aumentando até que chegou a um ponto em que desapareceram, ficando só um turbilhão que girava sobre si próprio. Vieram em direção ao grupo, que debandou.

Os restos do acampamento com o grande alimento foram destroçados e arremessados em todas as direções. Ninguém sabia o que fazer. Mas graças aos deuses de Khom e Emoto, Nirkis estava lá. Armou-se com o Floc e disparou um feixe na massa giratória. Foi cortada ao meio. Imediatamente os meninos pararam de girar e caíram, divididos em dois. Não havia sangue. Só três garotos cortados pela cintura, imóveis no chão. Devagar, todos se aproximaram. Os corpos dos meninos foram tornando-se espectrais e fundindo-se, tornando-se um só, que levantou e saiu andando como um zumbi. Sumiu pela rua.

— Reagrupar — ordenou o mago enquanto voltava a ser um.

Quase não houve tempo.

Do portão projetou-se para a frente uma nuvem de fumaça, alcançando um dos cavalos. Dentro dela o pobre animal incendiou-se e virou cinzas em segundos. Felizmente não era o cavalo de Molinar, presente de Oot. A fumaça prosseguiu em direção aos outros. Nova debandada. O médio mago sabia que não era mais hora para defesas, e ordenou aos alquimistas:

— Bião, Tiar, preparem o líquido antifogo.

Sem pensar, os pequenos retiraram-se para um canto e organizaram-se para o trabalho.

— Nandere — ordenou ainda —, proteja-os com uma cortina d'água.

A nixe então condensou uma grossa parede de água ao redor dos dois.

— Os outros, comigo! — gritou.

Os outros reuniram-se, e Nirkis teve uma ideia. Depositou a plaqueta no chão e deu as ordens:

— Padrão escolha. Tamanho passagem. Padrão camuflagem.

O cubo ficou com as linhas de contorno. O compilador gritou:

— Entrem, entrem. Vou isolar-nos da fumaça.

— Não sabemos se vai funcionar contra a magia — rebateu Molinar.

— Então corram, porque eu vou testar.

Confiando no compilador, Votorus, seguido das triatocamuns, entrou no cubo, tendo que se abaixar um pouco. Rast saltou sobre um cavalo e chamou o outro. O unicórnio há muito já havia desaparecido. Entendendo e concordando com a estratégia, Molinar elevou-se acima daquilo tudo.

— Isolar espaço — ordenou Nirkis.

As linhas de contorno sumiram.

Nirkis, Votorus, Rast e as triatocamuns ficaram esperando a aproximação da fumaça.

Lá em cima Molinar sentia o coração na boca. Se o isolamento não funcionasse, seria o fim deles.

Naquele momento, o grupo dependia da tecnologia do cubo e da sabedoria dos alquimistas.

Em Khom, pela primeira vez, magia e ciência mediam suas forças de maneira direta e decisiva. A fumaça incendiária da rainha contra o poder defensivo do cubo. Numa fração de segundo, Molinar pensou que era a primeira vez que via fumaça produzir fogo, e não o contrário. Mas ali, no reino de Hel, tudo era possível.

No mesmo instante em que Bião e Tiar terminavam a mistura, a fumaça chegou ao cubo. De fora não se via nada, pois o isolamento era perfeito. Quase desesperado, o mago ordenou aos alquimistas que agissem. Era impossível saber o que acontecia a Nirkis, Rast e Votorus.

Como a fumaça ainda não havia alcançado a parede de água criada por Nandere, os alquimistas puderam, sem dificuldade, arremessar um pouco do líquido bem à frente com o auxílio de uma funda. Quando o frasco quebrou no chão, já em meio à fumaça, esta imediatamente solidificou-se, tornando-se vermelha por completo. Era fogo solidificado, congelado.

A parede foi desfeita, e os dois alquimistas seguiram borrifando o líquido na fumaça. Molinar desceu e auxiliou-os. Enquanto ele e Nandere iam trabalhando a fumaça, os alquimistas preparavam mais. Por fim chegaram ao portão. Tudo estava paralisado, solidificado, imóvel. Mas como saber se Nirkis, Votorus, Rast e as triatocamuns estavam a salvo ali dentro?

— Afastem-se — ordenou o mago.

— Que vai fazer? — perguntou Bião.

— Utilizar o aríete mágico. Destroçar todo este fogo congelado para chegar ao cubo.

— Mas isso não vai machucá-los? — assustou-se Nandere.

— Temos que arriscar. Não posso deixá-los presos ali.

Ele levantou os braços, concentrando-se. Ao abaixá-los, tudo voou em pedaços. A rua foi varrida como se atingida por uma imensa matéria invisível. Pedaços de fogo congelado voaram para trás, e não se viu nada. O silêncio invadiu tudo. Onde estaria o cubo com os amigos? Imaginando o desastre, Nandere caiu ajoelhada.

— Pelos deuses — disse — você os destroçou!

— Não, estamos bem — falou Nirkis atrás de todos.

Voltaram-se. Ele, Votorus e Rast sorriam com as triatocamuns ao lado.

— Mas como? — balbuciou Tiar.

— Quando percebi que estávamos presos no fogo congelado, transferi o cubo para aqui atrás. Por sorte, um instante antes de Molinar arrasar com tudo. Incrível! Como fez isso?

Molinar não respondeu. Correu e abraçou o amigo.

— Não podemos acertar sempre — disse. — Temia que os destruísse também, mas a rainha poderia atacar outra vez. Bem, não pensei na possibilidade da transferência.

Nandere arrancou Nirkis dos braços do mago e enlaçou-o.

Votorus era o mais tranquilo naquela situação.

— Vamos continuar — disse. — É hora de acabar com essa perda de tempo.

— Está certo — concordou o mago. — Bião, Tiar, lancem a mistura no portão.

Assim foi feito, com o portão solidificando-se em fogo. Antes que Molinar se preparasse para novo aríete, Votorus pediu:

— Posso ter a honra?

— Por favor — acedeu o mago.

O guerreiro avançou sobre o portão de maça em punho. Com dois golpes veio abaixo. Atrás dele revelou-se uma paisagem desértica, em que se via um trono de pedra com uma mulher sentada. Apesar da distância, ouviu-se sua voz.

— Aproximem-se. Mereceram a audiência.

Ninguém precisou de explicações.

Era Hel.

Com os mesmos cabelos negros escorridos, sua figura igualava-se à da estátua. Precavido, o grupo avançou pelo descampado. Não se via nada, e ao longe, tudo era luz cinzenta. Nem Molinar falou quando chegaram à frente dela. Estavam diante de uma deusa.

— Sei o que querem — disse Hel. — Dê-me o cristal.

O mago entregou-lhe o gerador.

— A mim pouco interessa que Khom pertença a um ou a outro — continuou. — Mas não posso ignorar a competência e coragem de vocês para chegarem até aqui. Querem a anulação da pedra? Farei, contanto que saiam em seguida.

— Assim faremos, rainha do nada — confirmou Molinar.

Hel segurou o cristal marrom e abraçou-o. Nirkis reparou que ela vestia uma roupa de pedra que se fundia com o trono. Parecia inexoravelmente ligada a ele. Lembrou-se das sandálias da rainha das nixis. Mais tarde Nandere explicaria que, no caso da sua rainha, as sandálias de pedra serviam para prendê-la ao chão, lembrando-a sempre que seu cargo era um dever, e não um prêmio.

Aos poucos, nos braços de Hel, o cristal foi perdendo a cor marrom e tornando-se transparente. Após a operação, foi devolvido ao mago.

— Rainha — disse Molinar —, discordo da sua posição. Se o Mal vencer, o fluxo de vida normal se interromperá, e os mortos deixarão de vir para Niflheim. Sua população decairá, e, portanto, seu poder também. Creio que sua atitude neutralizando o cristal também lhe é benéfica. Devemos nos unir contra a entidade invasora.

— AT-VUN-DAR-PA não me interessa — sussurrou Hel.

"Como ela pode saber", pensou Nirkis.

— Sei de tudo, estrangeiro. Somente eu e os borm sabemos de tudo em Khom. — E completou, mal-humorada: — E agora, vão. Complete a energização do cristal longe daqui, médio mago.

— Nos esforçaremos para sair o mais rápido possível, rainha — concordou Molinar.

— É pouco. Sairão já! — E gritou: — Rampa!

De uma altura inimaginável, desceu uma rampa de pedra.

— Aí têm sua saída. Desapareçam!

Seguindo Molinar, o grupo subiu.

Naquele momento, em todas as mentes, desenhava-se o seguimento da missão. Era o princípio reverso: tornar o cristal gerador um objeto do Bem. Reequilibrar as forças em Khom. Seria possível?

Enquanto subiam, cada coração era alimentado por esperanças. Haviam vencido o país dos mortos.

Era preciso reconquistar agora o país dos vivos.

A rampa não era íngreme, mas parecia infinita. Enquanto a paisagem de Niflheim ia desaparecendo dentro da luz acinzentada, começava a evidenciar-se o cansaço. Mas era preciso sair dali rapidamente. Já era hora do último alimento, mas mesmo assim ninguém quis parar no meio daquela subida, que a todos parecia ser frágil e insegura, apesar de ser de pedra.

Nirkis calculou em quatro horas a caminhada. Finalmente começaram a entrar em uma escuridão que parecia o fim do país dos mortos. O holofote semiesférico foi acionado, e puderam ver que a rampa entrava por um aposento pequeno e desabitado. Suas paredes eram de madeira e a saída da rampa no chão era disfarçada por tapetes. Havia apenas uma simples porta em uma lateral. Rast tentou ouvir alguma coisa, mas o silêncio era total. A decisão mais sábia talvez fosse acamparem ali para o último alimento e passar a noite. Mas havia perigo, pois aquele local era uma das entradas de Niflheim. Como saber quais criaturas passariam por ali? Molinar formou a ordem de batalha e abriu a porta. Viu-se então a nave central de um templo: bancos, velas, imagens de deuses e um altar de mármore. Tudo deserto. Aos poucos, o grupo foi entrando. No lado oposto ao do altar havia um portão. Rast foi até ele e escutou.

— Há um burburinho do outro lado, como se muitas pessoas conversassem baixo — disse o ladrão.

Mal acabou de falar, e o portão foi aberto de fora para dentro. Uma multidão de humanos precipitou-se pelo templo. Só que, ao verem o grupo, os humanos estacaram. Um sacerdote que estava com eles adiantou-se:

— Mas o que é isso?! Estranhos e animais no templo! Guardas!

Uma tropa de guerreiros avançou em direção ao grupo, que se preparou para a luta.

— Não! — gritou Votorus.

Adiantou-se. Os guerreiros pararam.

— Sou Votorus, cavaleiro da Pirâmide Encerrada.

Imediatamente os soldados perfilaram-se e apresentaram armas em respeito.

— Já sei onde estamos — disse o cavaleiro ao grupo. — Por incrível que pareça, esta é a capital, Uni-Khom.

A surpresa foi geral. Do grupo, porque era quase impossível terem se deslocado tanto por Niflheim; e dos outros, porque era ridículo aqueles invasores não saberem onde estavam. Mas Votorus manteve a calma e a autoridade:

— Perdoe a invasão, sacerdote. Estamos em missão pelo governo central. — E ordenou: — Soldados, escoltem-nos ao encontro de Vitir.

— Quem é Vitir? — perguntou Nirkis, sussurrando.

— É o atual prefeito de Uni-Khom, líder da ordem da Pirâmide Encerrada — respondeu Molinar.

— Que ordem é essa?

— Pelo caminho eu explico.

O povo abriu passagem, e os soldados saíram em marcha com o grupo no meio.

Já era noite, mas os anéis espiralados ainda mantinham suas faces brilhantes voltadas para Khom, e o grupo pôde ver a cidade em sua grandeza. Pessoas iam e vinham de todos os lados. Olhavam curiosas para aquele grupo formado por seres tão estranhos. Uma pequena multidão passou a acompanhá-los no trajeto. Nirkis, com sua roupa branca e estranhas bugigangas coladas a ela, e Nandere, a nixe azul, eram os que mais chamavam a atenção. Todos queriam tocá-la, mas os soldados não deixavam por ordem de Votorus.

Percorreram ruas com casas de madeira quase todas da mesma altura, com dois andares, os telhados avançavam muito pela frente das residências. Nirkis observou que não havia distinção entre ruas e calçadas, era tudo uma coisa só. Havia apenas alguns degraus para se chegar até as portas. Percebeu também que cada janela tinha pequenas aberturas verticais. Mais tarde seria explicado que eram seteiras, para que cada família pudesse defender-se em caso de ataque.

Por fim chegaram a uma praça. Havia grandes jardins e, no fundo, uma imensa construção.

— A governadoria — explicou Votorus. — Ali trabalha e mora meu líder, Vitir.

Um portão com fosso e ponte levadiça separava a governadoria da praça. Ordens foram gritadas de cá e de lá, e a ponte desceu, abrindo-se o portão.

O grupo foi introduzido em um salão e convidado a sentar-se. Imediatamente comidas foram servidas. Esfomeados, lançaram-se aos alimentos, pois já havia há muito passado a hora do último alimento. Votorus nem se sentou nem comeu.

— Você não vem? — perguntou o ladrão.

— Espero meu senhor — respondeu, grosso, o guerreiro.

Vitir não se fez esperar. Logo surgiu, seguido de vários conselheiros.

Votorus ajoelhou-se.

— Apresento-me aos seus serviços. Este é o grupo formado pelo médio mago Molinar para trabalhar pelo equilíbrio em Khom.

E apresentou um por um.

— Percebo que estão cansados e famintos — observou Vitir.

— Nossa jornada até aqui foi dura e surpreendente — explicou Votorus.

— Comam, meus amigos, e depois descansem — autorizou o prefeito. — Amanhã conversaremos com calma.

E retirou-se com os conselheiros.

Após fartar-se, o grupo foi conduzido a aposentos individuais. Somente Nirkis fez um pedido especial: queria ficar com Nandere. Se possível em um aposento com piscina. Entendendo, Votorus deu a ordem, e o compilador e a nixe puderam passar sua segunda noite de romance.

Mesmo em meio às grandes batalhas, é preciso dar prosseguimento à vida.

♒

Para qualquer lado que se olhasse, a paisagem era a mesma: um deserto. Não um deserto arenoso, com dunas brancas e ondulantes, mas um deserto inóspito de pedregulhos, com ravinas secas e cheias de esconderijos. Molinar não via nada, mas pressentia que, ao seu redor, armadilhas eram preparadas. Tentou levitar para olhar de cima, mas não conseguiu. Algo anulava seus poderes naquele lugar. A única coisa da qual dispunha para proteger-se eram as lâminas retráteis. Observou também que o cinto em que estava a esfera havia sumido. Sem seus poderes e sem a esfera, Molinar tornava-se uma presa fácil. Sentiu uma presença atrás e virou-se. Lá estava uma nuvem escura, dentro da qual havia um polvo negro com tentáculos a mover-se em sua direção. Começou a recuar. A nuvem aproximou-se. Molinar voltou-se para correr, mas deu de cara com um muro de gelo. "Ele não estava aqui antes", pensou, "estou acuado". Ouviu-se então a voz da criatura:

— Molinar!

Virou-se.

Agora, na ponta de cada tentáculo havia um cristal negro. E, cada vez mais próximo, o monstro chamou-o novamente:

— Molinar!

Aquela voz era familiar. Mas o mago não identificava de onde.

— Molinar!

O ser repetiu o chamamento, quase chegando à distância de toque. Molinar agachou-se e rezou.

— Molinar! Molinar! Molinar, acorde!

O mago abriu os olhos, e ao lado da sua cama estava Rast, com uma expressão assustada.

— Molinar, acorde, você precisa ver!

Agradecendo aos deuses por ter sido só um pesadelo, o mago respondeu:

— Ver o que, Rast? Que horas são?

— Hora do alimento rápido. Mas antes venha até a janela.

Molinar foi. E viu. Mais um dos sóis tinha enegrecido e inchado. Agora era somente um sol banhando Khom de pálida luz azul. O clima já estava mais frio, e as pessoas começavam a agasalhar-se com peles.

— Rast, reúna todos no refeitório.

Ordem dada, ordem cumprida.

Em meia hora todos tomavam o alimento rápido.

— Meus amigos — começou Molinar —, o avanço do Mal está evidente. Gostaria que tivéssemos tempo para descansar, pois até aqui a jornada foi estafante, mas Khom precisa de nós. Quero saber se alguém deseja desligar-se do grupo. Entenderei, e não haverá restrições.

Silêncio absoluto.

— Ótimo. Sendo assim, vamos ao próximo passo: temos que refazer o alinhamento do cristal gerador, ou, como diz Nirkis, reprogramá-lo, já que a rainha Hel neutralizou-o para nós. O novo alinhamento deverá ser feito em local muito protegido e com energias positivas colocadas sob controle. Esse local é a Pirâmide Encerrada.

Todos os olhares convergiram para Votorus.

— Mas é proibido entrar lá — ponderou o guerreiro.

— Assim como era proibido entrar nas minas — retrucou o mago. — E também no lago Neorás, e em Niflheim. Mas violamos todas as regras porque a situação é desesperadora. Eu e você vamos pedir uma permissão especial a Vitir, assim como uma guarda para nos acompanhar até lá.

— E depois? — perguntou Nirkis.

— Na pirâmide, além de energizar corretamente o cristal, saberemos o próximo passo.

A certeza das palavras de Molinar elevou os ânimos. Em seguida, Vitir concordou com todos os pedidos.

Antes do grande alimento, o grupo estava na estrada, escoltado por dez guerreiros com armaduras prateadas, no peito das quais reluzia a imagem da pirâmide azul.

Dois dias de jornada indicavam que o grupo tomava a direção sudeste. O que era surpreendente, já que todas as lendas apontavam a Pirâmide Encerrada ao norte, próximo ao maciço dos dragões. Mas a marcha prosseguia pelas extensões das pastagens do sul, em uma reta que daria nos montes Amestar.

— Mas, ali?! — estranhou Molinar. — É muito desprotegido!

— Levamos anos para espalhar as falsas lendas da localização da pirâmide — explicou Votorus. — Agora, sua insuspeita posição é a melhor defesa.

Porém, os cavaleiros da Pirâmide Encerrada não contavam somente com o desconhecimento do ponto exato para protegê-la. Assim que o grupo entrou na cadeia dos montes Amestar, foram todos vendados para que não pudessem depois apontar qual montanha seria o abrigo do monumento. Mais tarde, Votorus explicaria que os borm modificavam a paisagem quando algum estranho se aproximava. Poderia até ser dito que a própria montanha da pirâmide trocava de lugar para desorientar intrusos. Tudo isso sem falar na guarda especial que vigiava as proximidades.

Devagar, o grupo penetrou pelos vales, até que portas imensas foram ouvidas abrindo e fechando-se à sua passagem. Exatamente na hora do grande alimento, a marcha parou, e as vendas foram retiradas. Nos minutos que se seguiram não se ouviu nenhum comentário, pois estavam paralisados — inclusive Molinar — ante a grandiosidade da obra. À sua frente, a pirâmide erguia-se em um vale coberto de vegetação luxuriante. Acima, via-se a abóbada da montanha oca. Tudo escavado na pedra. Pela ponta superior da Pirâmide saía um feixe de luz azul que vazava do teto em direção ao céu. Todo o ambiente era iluminado pelos reflexos da luz azulada que a própria pirâmide irradiava. Em silêncio, foram caminhando pela trilha dentro do bosque, onde diversos animais passeavam. Aqui e ali um riacho cortava o caminho. Nirkis percebeu um buraco lateral na pedra da montanha com uma plataforma saliente. Votorus percebeu e explicou:

— Ali mora a última família de dragões prateados. São os mensageiros da nossa ordem.

Como a confirmar suas palavras, um deles apareceu. Saltando no espaço, voou em direção ao grupo. Planou sobre suas cabeças como a inspecionar seus domínios, e voltou ao seu ninho. Nirkis registrou tudo na sua unidade de impressão. Aquilo iria modificar muitos conceitos em Emoto.

Sem perda de tempo, penetraram no monumento por uma abertura no nível do chão. Pôde-se ler uma inscrição no alto:

A OBRA É MAIS IMPORTANTE DO QUE OS CRIADORES

Até para Rast a mensagem era clara.

Dentro, Nirkis tentou, mas não conseguiu identificar o material de que eram feitas as paredes. Perguntou, e Votorus esclareceu:

— De cristal vivo. Cristal que foi evoluindo segundo antiquíssimas fórmulas alquímicas. Pode-se dizer que as paredes da pirâmide pensam. Por isso ela é viva. Experimente tocá-la.

Nirkis estendeu a mão e apoiou dois dedos na parede. Ela tornou-se amarela em um círculo ao redor.

— Por que amarelo? — quis saber o compilador.

— É o seu alinhamento, bom, mas com desconhecimento.

Rast tocou a parede. Ela tornou-se cinza e recuou.

— Rast, precisa melhorar sua índole — comentou de bom humor o guerreiro.

Com efeito, Votorus estava felicíssimo por estar ali. Sentia-se em casa.

Foram levados a uma sala com mesas e cadeiras na qual tomaram o grande alimento. Logo depois, Molinar retirou-se para o centro da pirâmide em companhia de Votorus. Iria alinhar o cristal gerador para o Bem, de forma a começar a verdadeira luta contra AT-VUN-DAR-PA. Infelizmente, ao resto do grupo foi negado o acesso ao altar central. Negada foi também a Nirkis a possibilidade de explorar o monumento. A expectativa de todos foi frustrada, mas era preciso respeitar as leis da ordem.

Aproveitando aquele oásis em meio a tantas atividades dos últimos dias, o grupo descansou.

No dia seguinte, quando o grupo tomava o alimento rápido, Molinar reapareceu com um estojo de madeira.

— Eis, meus amigos, o poder dos antigos — disse ele.

Abrindo o estojo, deslumbrou a todos com a visão do cristal gerador realinhado. Ele brilhava fulgurante na cor violeta.

— Agora vou incrustá-lo na grande drusa — continuou. — A essa cerimônia poderão assistir. Sigam-me, se quiserem.

Não ficou ninguém no refeitório.

Logo chegaram a um pórtico com guardas nas laterais. As portas foram abertas, e o grupo entrou seguindo o mago.

O salão era de uma beleza indescritível. Nirkis calculou aproximadamente de quinhentos a setecentos metros quadrados de área, quase que tomados de cristais. De todos os tamanhos, formas e cores, eles direcionavam-se para o centro, onde havia uma drusa tão grande que mais parecia uma cratera.

— Fiquem aqui — ordenou Molinar.

E saiu voando com o cristal gerador.

Do centro da drusa saía um feixe de luz em direção ao teto. Com o poder conjunto dos outros cristais, esse feixe encorpava-se e intensificava-se enquanto subia. Com todo o cuidado, Molinar pousou o cristal gerador no centro da drusa e recuou. Imediatamente o feixe ganhou maior poder e brilho; todos os cristais brilharam em resposta.

Voltando aos amigos, Molinar explicou que, de certa forma, o poder do Mal teria mais dificuldade em alastrar-se, pelos menos enquanto AT-VUN-DAR-PA não criasse novos meios de progresso. Como que respondendo à observação, sentiu-se um tremor e um longínquo estrondo. O feixe diminuiu de intensidade, e os cristais diminuíram em seu brilho. Vozes e comandos foram ouvidos, até que um oficial informou a Votorus:

— Senhor, o feixe foi bloqueado em alguma direção.

— O que significa isso? — quis saber Nirkis.

— Quando o feixe chega às nuvens — explicou o oficial —, seu brilho espalha-se em todas as direções, transmitindo energia a todo o país de Khom. De algum lugar vem uma força que impede a passagem do feixe.

— Eis então o nosso futuro — afirmou Molinar, animado. — Se descobrirmos de que lado vem o bloqueio, nessa direção estará AT-VUN-DAR-PA. E para lá iremos.

— Como vamos descobrir? — perguntou Bião.

— Voando — respondeu o mago. — Venha, Nirkis, vamos seguir o feixe.

E levantou voo, acompanhado pelo compilador. Entraram no feixe de luz e subiram rapidamente, desaparecendo pela cúpula.

— Lá vamos nós esperar outra vez — comentou, irritado, Rast.

— A paciência é uma virtude — ponderou Bião. — Esperemos em nossos aposentos.

Recolheram-se.

Apenas Nandere parecia preocupada. Claro que ficar longe de seu amado era ruim, mas sua intuição dizia-lhe que havia algo de perigoso naquela missão que parecia tão simples.

Nem imaginava como tinha razão.

♦

Por dentro o feixe era tão brilhante que Nirkis quase não percebeu quando saíram da montanha. Continuaram subindo, até que puderam observar a luz espalhando-se para todos os lados.

— E agora? — quis saber o compilador.

— Felizmente há poucas nuvens. Vamos subir mais e tentar distinguir de que lado o brilho se esvai.

Acima, puderam observar que a situação dos sóis permanecia inalterada. Somente um estava normal e irradiava calor. Perceberam que ao sul o ambiente escurecia.

— É lá — constatou o mago. — Vamos inspecionar.

E voaram naquela direção.

Longo foi aquele voo, mas confirmador. O país de Khom tinha regiões pouco exploradas, mas nenhuma o era tanto como o sul. Parecia que, conhecedor da ignorância dos khomianos, AT-VUN-DAR-PA havia se instalado ali.

Distanciando-se muito dos montes Amestar, Molinar e Nirkis constatavam que o escurecimento e o frio aumentavam. Utilizando um aparelho de observação à longa distância, o compilador viu ondas negras de energia chocarem-se com a luminosidade, de modo a bloqueá-la.

— Voltamos? — perguntou Nirkis.

— Não. Precisamos saber a localização exata. E também se há terra firme até lá; afinal, com o grupo, teremos que ir a cavalo. Vamos descer e voar baixo.

Quando fizeram contato visual com o solo, emudeceram de espanto. A terra abaixo estava toda desolada e coberta de neve. As árvores estavam secas e retorcidas, como se, antes daquele frio, um fogo arrasador tivesse calcinado tudo.

— É assim que ele quer nosso amado Khom — observou, triste, Molinar.

Nem bem falara, um raio cinza atravessou o espaço, quase os acertando.

— Que foi? De onde veio isso? — assustou-se Nirkis.

— Do chão, olhe!

Abaixo, sobre uma pequena elevação do terreno, estava escondido um imenso dragão negro. Coberto de neve, mantinha apenas a cabeça visível. Por isso não fora notado antes pelos dois.

— Vamos voltar — gritou o mago.

Contudo, ao virarem, outro raio atingiu Nirkis em cheio. Ele desmaiou e começou a cair. Molinar mergulhou para apanhá-lo, mas o dragão emergiu da neve e alçou voo em sua direção, já lançando um terceiro raio, que quase o atingiu. O mago foi obrigado a desviar-se, e, na manobra, atirar dardos mágicos no monstro. O dragão nem sequer incomodou-se. Os dardos bateram na sua carapaça negra e não fizeram nenhum dano. Atirando novo raio no mago, o dragão lançou-se em direção ao compilador, que caía. Adivinhando-lhe a intenção, Molinar estremeceu. Avançou e lançou-lhe uma bola de fogo, que foi destruída pelo dragão com outra de maior tamanho. Sentindo a superioridade do oponente, Molinar recuou e, desesperado e impotente, viu a fera agarrar Nirkis e dirigir-se para o sul. O mago nada podia fazer. Ficou olhando a fera sumir em direção ao negrume.

Agora só restava voltar e organizar o revide.

✠

Os homens imaginaram que Nandere choraria. Ao contrário, a nixe foi tomada pela fúria. Foi preciso que Molinar usasse sua autoridade para evitar que fosse sozinha atrás de Nirkis.

Eram necessários planos e organização. O final daquela tarde foi usado para tal. Rapidamente foram providenciadas roupas de peles, pois sabiam o frio que iriam enfrentar. Bião sugeriu que as peles fossem brancas, para melhor disfarce na neve. Assim foi feito. Ficou decidido que Nandere iria sozinha em um cavalo levando mantimentos para que, na volta, nele também viesse Nirkis. A possibilidade de voltar sem o compilador nem sequer era mencionada. Bião e Tiar montariam outro cavalo, e Molinar e Rast no cavalo — presente de Oot — ainda sem nome. Votorus, como sempre, iria em seu unicórnio e, muito a contragosto, concordou em usar peles sobre a armadura. Tinha orgulho da pirâmide azul em seu peito, e queria o símbolo da sua ordem à mostra. Mas a situação era especial, e todas as determinações de Molinar foram cumpridas.

Aos nascer dos sóis do dia seguinte já estavam em marcha. Até se afastarem da Pirâmide Encerrada foram vendados e guiados por um grupo de guerreiros. Ficou decidido que esse grupo os acompanharia até o rio Mohinom, poucos quilômetros ao sul dos montes Amestar. Lá já os esperaria uma barca de propriedade da ordem da Pirâmide Encerrada.

Após a travessia do rio, o grupo, já sem os guerreiros de acompanhamento, seguiu uma reta em direção ao sul. Sabiam que, ao final daquele dia, chegariam ao rio Mohinem. Esses dois rios, Mohinom e Mohinem, cortam o país de Khom de oeste para leste, indo unir-se em um vale a sudeste dos montes Amestar, formando o rio Mohinim. Ainda mais a leste, seguindo por esse rio, e ao sul, tudo era região inexplorada. De vez em quando os habitantes de Khom tinham contato com viajantes de raças e modos estranhos, que haviam estado por essas paragens. Ouviam-se então histórias fantásticas, cobertas de aparições de monstros e povos exóticos. Mas nada foi comprovado, e os governos que se sucederam em Uni-Khom sempre preferiram cuidar do país que tinham a expandir suas fronteiras.

Portanto, o lugar para onde o grupo de luta ia era um mistério. E o estranhamento começou mesmo ali, entre os dois rios. Era uma região lúgubre, com cascalho e pouquíssima vegetação. O solo era plano, e a visão alcançava quilômetros. Molinar reconheceu a paisagem do seu sonho, em que o polvo com cristais negros chamava por seu nome. "Estamos no caminho certo", pensou.

Felizmente o frio intenso ainda não atingia aquele local. Assim, o grupo pôde cavalgar com rapidez, e no fim daquela tarde chegou às margens do rio Mohinem.

Votorus havia estranhado a ausência de quaisquer seres pelo caminho. Amigos ou inimigos. Parecia que a região que tinham atravessado era terra de ninguém. Aliás, sem saber, o guerreiro havia batizado aquela região. No futuro, seria mesmo chamada de "Planície de Ninguém".

No rio Mohinem, sim, começavam as reais dificuldades. Não era muito largo. Coisa de quinhentos a seiscentos metros. Mas na outra margem, tudo estava branco. Neve. O frio separado apenas pelas águas do Mohinem. Magia negra. Em contraste com o branco da neve.

A opção óbvia e já pensada por Molinar seria telecinesiar o grupo para a outra margem. Mas para isso necessitariam de uma balsa ou um estrado, para que a operação fosse feita de uma vez só. Telecinesiar um por um seria demorado e cansativo. Mas como construir a balsa? Com que material? Não havia árvores nem madeira por ali. A solução veio de Nandere. Possuidora do poder sobre as águas, ela congelaria uma placa na superfície do rio. Carregada com o grupo, ela seria transportada pelo mago até a outra margem. Solução oferecida, solução aceita, mas para o dia seguinte. Os sóis já se punham, e era hora de montar acampamento para o último alimento e o descanso. Aquela noite teria que ser bem aproveitada, pois o que viria a partir da neve era uma incógnita. Foram escalados os turnos de guarda.

Os que dormiram, fizeram-no pensando em Nirkis.

De fato, répteis não gostam de neve. Isso ficou claro, pois as triatocamuns mostraram-se muito desconfortáveis naquela situação. Se bem que a todos fosse mais incômodo o frio. Durante a travessia na placa de gelo, o grupo surpreendeu-se com a rapidez que a temperatura caía a cada metro percorrido. Em uma margem, outono; na outra, inverno.

Já em solo firme, prosseguiram. Além do frio, o silêncio chamava a atenção. Sem vento, sem ruídos, apenas o leve amassar das patas dos animais na neve. Silêncio assustador. Como se alguma coisa espreitasse, prestes a atacar. Mas nada aconteceu, e puderam vencer uma boa distância naquela manhã.

Tiar sofreu um pouco, mas conseguiu, graças a uma mistura de poções, fazer fogo em um buraco que escavaram. O grande alimento foi tomado de forma ressabiada, como se um medo primitivo rondasse seus corações. Todos ali sabiam que o inimigo era terrível e sempre criativo na sua perversidade.

Prepararam-se para retomar a marcha, mas foram interrompidos por barulhos de metais entrechocando-se. Não parecia luta, o som era displicente demais para tal. A uma ordem de Molinar todos agacharam-se. Até os cavalos encolheram-se nas patas. A região era quase plana, mas a neve criara várias colinas que impossibilitavam a visão à distância.

Alerta, o grupo esperou. Ao longe, surgiu caminhando uma companhia militar de ogros. Vinham muito bem armados, mas conversando, despreocupados. Simultaneamente, os dois grupos identificaram-se. Aquele que parecia ser o líder gritou uma ordem, e os ogros precipitaram-se em direção aos oponentes. Molinar também não titubeou:

— Votorus, à frente com as triatocamuns. Os outros, defendam-se em círculo!

Ele mesmo elevou-se para atacar do alto.

A companhia de ogros tinha aproximadamente duas dezenas de soldados. Mas não foi páreo para as habilidades dos defensores de Khom. Do alto, Molinar atirava pequenos mas eficientes feixes de dardos mágicos, que abriam buracos nas roupas de couro dos ogros. Caíam fumegando. Com seu tamanho, Votorus lutava com dois de cada vez, isso sem contar com os répteis que atacavam por baixo, dando muito trabalho aos humanoides.

Quando restavam apenas dois ogros, um dos quais o chefe, eles se puseram a correr. Molinar gritou:

— Não podem fugir!

Votorus deu a ordem, e cada triatocamum abocanhou um deles. Sentindo-se mordido pelo réptil, e sabendo que não podia escapar, o chefe voltou-se e apontou um anel na direção do grupo. Molinar deu um voo rasante e decepou-lhe a mão com as lâminas retráteis. Com a outra que restou, o ogro sacou uma adaga e cravou-a no próprio peito, matando-se.

— Vivo! — gritou Molinar. — Precisamos do outro vivo!

Agilmente, Nandere saltou à frente e impediu que o sobrevivente fizesse o mesmo. Arrancou a adaga de sua mão, e com um golpe deitou-o no chão, de bruços, imobilizando seus braços para trás. "Ainda bem que ela está do nosso lado", pensou Rast.

Apanhando a mão decepada, Molinar examinou o anel, e ainda pôde ver no brilho de sua pedra negra um olho, que se fechou e desapareceu. "Não fui rápido o suficiente", pensou o mago. Ele sabia — e depois explicaria a todos — que por aquele anel a entidade vigiava seus domínios, e provavelmente o grupo havia sido identificado.

O ogro foi amarrado com cordas e interrogado por Bião e Tiar, que compreendiam sua língua. Mas sua fidelidade ao amo era animal, e nada revelou. Levá-lo seria um estorvo; deixá-lo ali, perigoso. Poderia soltar-se ou ser encontrado por seus aliados. Matá-lo era uma solução simples, mas desumana. O que fazer? Nandere, mais uma vez, tinha a solução: com seu poder sobre as águas, sugeriu que não só esse ogro ainda vivo, mas todos fossem congelados. Assim, se o grupo obtivesse êxito, o frio desapareceria, descongelando tudo e libertando o coitado, que seguiria seu caminho. Assim foi feito. Todos foram cobertos de neve, e esta transformada em gelo pela nixe.

Sabendo que agora sua presença não era mais segredo, o grupo continuou a marcha em direção ao sinistro olho daquele anel.

Não havia dor. Havia loucura.

Nirkis gritava porque não suportava a total inversão dos seus sentidos. Flutuando trancado em um aposento indefinível, alguma espécie de magia estava testando sua sanidade. Luzes nos seus ouvidos, ruídos nos seus olhos; na pele, o cheiro de coisas podres, na boca, um frio intenso, e nas narinas, mil agulhas picavam por dentro. Ele já não tinha consciência do seu corpo. O pior é que não se lembrava de nada. Tinha acordado ali, já com tudo invertido. Ninguém aparecia, ninguém perguntava nada. Na verdade, Nirkis só tinha certeza de uma coisa: estava sendo torturado. Havia lido sobre essa prática primitiva na Informal de História. Mas nada se comparava com aquilo.

E o tempo.

Com a desestabilização dos sentidos, havia perdido a noção do tempo. Podia estar ali há trinta segundos ou três dias, dava no mesmo.

Todos esses pensamentos processavam-se no fundo de sua mente como um raio, pois era impossível ser lógico naquela situação. Nirkis sabia que seus amigos viriam em seu socorro. Mas será que teriam sucesso em confronto com uma mágica tão poderosa?

Várias vezes tentou verificar se estava com seus instrumentos, mas já não tinha domínio sobre seus membros. Sempre que quis tatear-se, teve a impressão de que seu braço passava por sua carne sem tocá-la. Estava muito perto da loucura, do desespero, do abismo.

Nirkis gritava, mas seu grito, em vez de sair, entrava, piorando o desespero. O som, então, perfurava suas entranhas e se perdia nos labirintos do aparelho digestivo. Era melhor ficar quieto. Encolher-se.

Começou a desejar a própria morte.

Três dias passaram-se sem que nada acontecesse. Não se via ninguém, não se encontrava nenhum oponente, não se chegava a lugar algum. Era só o branco da neve em todas as direções. Nuvens cobriam o céu, impossibilitando a visão dos sóis, como se AT-VUN-DAR-PA quisesse destruir o grupo sem muito esforço; apenas com o frio, a solidão e a desorientação.

Mas a vontade daqueles seres era férrea. Além da defesa do país de Khom, da necessidade do reequilíbrio, e da recuperação dos cristais, havia ainda o amigo sequestrado. Ali, mesmo que o grupo desistisse, Nandere iria até o fim. Mas desistir era uma palavra que não constava do vocabulário de nenhum deles.

Entretanto, a monotonia irritava. Chegando ao final daquele quarto dia de marcha, exaustos, prepararam-se para acampar e tomar o último alimento.

Enquanto comiam, hipóteses eram levantadas:

— Será que estamos no caminho certo? — duvidou Rast.

— Temos que confiar no unicórnio — explicou Votorus. — Sendo um ser estritamente pacífico, ele sabe de que lado o Mal irradia.

— Além do que — completou Molinar — os ventos nos empurram para trás todo o tempo. Só podem vir da entidade.

— Que faremos ao encontrá-la? — quis saber Nandere.

— Desconfio que ela se mostrará só no momento que quiser — intuiu o mago. — Nesta situação é meio difícil fazer planos. Tenho certeza apenas de que ela quer nos enfraquecer para atacar no momento certo.

Proféticas palavras.

Foram divididos os turnos de guarda, e todos se recolheram.

E, naquela noite, a batalha começou.

Votorus, como sempre, estava velando sozinho. O vento constante dava calafrios, mas tudo permanecia quieto. Na escuridão, apenas a luz da pequena fogueira brilhava, fraca. Mesmo assim o guerreiro pôde ver Rast levantar-se, empunhar sua adaga, e caminhar em sua direção. O cavaleiro achou estranha essa atitude, mas não se mexeu. O ladrão deu um grito e avançou para esfaqueá-lo. Votorus também gritou alertando os outros, e levantou o escudo. Aquilo era ridículo. O ladrão era muito pequeno e indefeso perto do guerreiro. Votorus não atacou, limitando-se a aparar seus frágeis golpes. Ninguém entendeu nada ao ver a insólita luta, até que Tiar avançou sobre Nandere. Com um salto a nixe evitou a punhalada. Molinar gritou:

— Magia! Ele está aqui!

Como primeira defesa, lançou luz em toda a área.

Os que ainda estavam sãos ficaram estupefatos. Ao redor do grupo, imensas paredes de gelo erguiam-se a alturas infindáveis. Seres de gelo avançavam; e a apenas poucos metros, um dragão negro observava.

Perdendo o controle, Bião atacou Molinar.

— Me proteja — Votorus!, gritou o mago.

O guerreiro ignorou o ladrão e correu, cercando e defendendo Molinar. Este apanhou a esfera e concentrou-se. Pela primeira vez, libertou todo o seu poder.

Um feixe de luz uniu a testa de Molinar e o pequeno presente de Oot, e o mago transformou-se em nove imagens, levitando em seguida. Votorus nunca havia visto aquilo. Magos multiplicarem suas imagens era uma atitude comum de defesa, mas, com a magia da esfera, cada imagem ganhou vida própria, voando independente em várias direções, enquanto a esfera flutuava irradiando feixes de luz para todas elas. Nem o guerreiro sabia mais qual era o Molinar real.

Algumas imagens ocuparam-se de Bião, Tiar e Rast, que ainda estavam sob o domínio hipnótico, e pousando a mão em suas frontes os trouxeram à consciência. Outras atacaram os seres de gelo, que já se aproximavam, destruindo-os com dardos mágicos e golpes de lâminas retráteis. Duas imagens gritaram:

— Ataquem o dragão!

Animado com o exército de Molinares, o grupo investiu de maneira espantosa.

O monstro, do chão mesmo, começou a lançar raios e bolas de fogo. Mas agora o grupo tinha a força dos iodrás contida na esfera. Votorus aparava as bolas com seu escudo, absorvendo o fogo com o rubi incrustado no centro. Assim, os raios eram anulados por contrarraios que as imagens de Molinar lançavam.

Sentindo-se em inferioridade, o dragão voltou-se para fugir. Só então o grupo viu uma caverna que estava oculta às suas costas. Mas, antes que a besta entrasse, as triatocamuns alcançaram-no e arrancaram vários pedaços da sua cauda. O dragão cometeu o erro de parar para atacá-las. No momento em que voltou sua cabeça para trás, recebeu nove raios simultâneos entre os olhos e tombou, ainda vivo. Votorus alcançou-o e decepou-lhe a cabeça com a espada de luz.

Sem perder tempo, as imagens ordenaram:

— Todos para a caverna, sigam a esfera!

A esfera flutuou irradiando luz à frente, acompanhada pelas imagens, sempre ligadas a ela por finíssimos feixes, e com todo o grupo atrás, inclusive cavalos e triatocamuns.

A corrida pela caverna foi como uma explosão de fúria. Ninguém pensava em nada, a não ser em lutar.

Em poucos minutos chegavam à saída. E lá estava: a terra calcinada. À sua frente um exército de ogros muito bem armados, aguardava. Era como se todos os ogros de Khom tivessem sido recrutados pelo Mal. Atrás deles, uma nuvem negra flutuava acima de uma placa de ouro, e sobre esta, montes de cristais estavam empilhados em total desordem. Ao ver os cristais, Votorus emocionou-se. Sabia que todas as pedras haviam sido roubadas das minas, e estavam ali sofrendo em desequilíbrio. Cego de ódio, o guerreiro lançou-se sobre os ogros, assim como todo o grupo também.

A batalha que se seguiu é quase impossível de ser descrita, tamanhas foram a ferocidade e a rapidez de ambos os lados. Os ogros, muito bem comandados por seus capitães, atacavam em bando cada um do grupo. Mas as imagens de Molinar voavam, protegendo, arrasando e aniquilando.

A carnificina foi grande, e os ferimentos, muitos. Mas os ogros só tinham a seu favor a quantidade. Aos poucos, foram tombando, morrendo, e desfacelando-se, até que os que sobraram fugiram, apavorados.

Sem permitir-se qualquer pausa ou planejamento, o grupo avançou. Ouviu-se, então, uma voz:

— Não! Já se atreveram demais. É hora de recuar.

Era a voz de Nirkis, vindo de dentro da nuvem negra. Nandere quis precipitar-se em sua direção, mas foi impedida por uma imagem de Molinar.

— Eu sou o novo líder — continuou a voz —, esta terra é minha. Recuem.

— Ele tem Nirkis em seu poder — analisou Bião — e está falando com a voz dele.

— Mas, então, este é... — gaguejou Rast.

— Sim — completou uma imagem de Molinar —, esta nuvem é AT-VUN-DAR-PA. Sem corpo, sem alma. A entidade é apenas uma ideia. Um vapor do Mal. Chegamos ao epicentro.

— E agora? — perguntou, aflita, Nandere.

Boa pergunta!

Mas Molinar tinha a resposta:

— Agora é hora de rezar.

Ninguém acreditou no que ouviu. A explicação veio em seguida:

— Rezem pelos deuses de Khom. A esfera precisa da concentração de todos.

Assim foi feito.

Todos ajoelharam — até Rast — e oraram. A esfera flutuou à frente do grupo e parou. As imagens cercaram-na e orientaram sua energia para os cristais. Em pouco tempo as pedras começaram a brilhar e a pulsar, respondendo à energia recebida. A nuvem expandiu-se tentando evitar a transmissão, mas o poder conjunto de todos aqueles seres era mais forte. Uma convulsão tomou conta da entidade, que foi condensando-se, diminuindo, até resumir-se a um bloco compacto do tamanho de um poenor. Os cristais intensificaram seus brilhos, e um buraco abriu-se nas nuvens acima. Nesse momento, a luz das alturas, proveniente da Pirâmide Encerrada, uniu-se a eles, passando através da neblina negra. Sem um som, a fumaça diluiu-se no espaço, sobrando apenas Nirkis, flutuando. Com o fim da entidade, o compilador começou a cair. Foi amparado antes de despencar nos cristais por uma imagem de Molinar. Imediatamente a esfera voltou ao normal, e as outras imagens desapareceram.

Enquanto Nirkis, desacordado, repousava no colo de Nandere, o grupo viu o buraco nas nuvens aumentar, e os sóis reaparecerem. Azuis, límpidos, irradiando calor. Haviam vencido o Mal. Um brado de vitória ecoou naquela área desolada.

Estava restabelecido o equilíbrio em Khom.

♑

Antes que o eco daquele grito de felicidade se extinguisse, um outro grito, pequeno, tímido, foi ouvido. E Tiar caiu, sem forças. Desesperado, Bião viu, ao redor do corpo do seu irmão, formar-se uma poça de sangue. Precipitaram-se em seu auxílio. Poções de cura foram entornadas em sua boca, mas os ferimentos eram muitos e profundos. O pequeno alquimista havia suportado a dor para não atrapalhar o ataque, e permitiu-se gemer apenas após a vitória final.

— Bião — disse Tiar com as poucas forças que lhe restavam —, não creio que as poções irão adiantar.

— Não, não diga isso — retrucou Bião, já com lágrimas nos olhos.

— Me promete uma coisa?

— Não fale assim, prometer o quê?

— Nunca, jamais, pare as experiências.

— Eu não pararei.

— Elas são a razão da nossa vida.

— Eu sei.

— Agora — finalizou Tiar —, vai ter que fazer tudo sozinho.

E cerrou os olhos.

Não havia possibilidade de mais nada.

Todos choravam. Votorus, que havia se unido em uma amizade profunda ao pequeno, era um gigante desmanchado em lágrimas.

O cavalo de Molinar relinchou alto, enquanto os raios dos sóis de Khom batiam pela última vez na face de Tiar.

Nirkis ainda quis culpar-se por não ter podido ajudar. Mas estava inconsciente no momento da morte do alquimista. Se estivesse lúcido, poderia ter acionado o cubo, já que todos os seus aparelhos estavam intactos, e levado Tiar a Emoto. Mas não é possível alterar a realidade. O pequeno foi enterrado ali, como um monumento macabro à vitória sobre o Mal.

O alimento rápido foi feito em tom de luto, e não se conversou muito sobre o sucesso da missão.

Mas a vida continua, e era preciso voltar.

A apatia havia tomado conta de Bião. Mesmo assim decisões precisavam ser tomadas, e como líder, Molinar não hesitou.

O conjunto de cristais sobre a placa de ouro precisava ser transportado de volta às minas. Nirkis ainda se surpreendeu porque pensou que iriam para a pirâmide.

— Não — esclareceu o mago —, as pedras foram arrancadas à força das minas, e para lá devem voltar, para que os mirrirs expliquem-lhes o que aconteceu. Depois, em lotes corretos, serão levadas para a pirâmide, ou para onde sejam necessárias.

Foi decidido que Votorus permaneceria ali, vigiando e guardando as pedras e o túmulo de Tiar.

— E o ouro? — perguntou, interessado, Rast.

— Pertence a Uni-Khom — respondeu, sério, Votorus.

Percebendo que tudo ao seu redor descongelava-se, o grupo organizou-se para o regresso. Deveriam informar aos guardas da pirâmide que encontrassem pelo caminho a localização dos cristais e de Votorus. Uma companhia de guerreiros deveria ser formada para transportar as pedras ao seu lugar de origem.

Assim, pouco depois do grande alimento, pesarosamente, os amigos despediram-se de Votorus e cavalgaram em direção aos seus lares.

■

Naquele campo aberto, no meio das pastagens do sul, estavam a uma distância quase igual dos três destinos. Ali passariam a noite, e ali se despediriam no dia seguinte. Bião voltaria para seu tronco. Durante a viagem de volta, o alquimista pouco falou. Mas muito ouviu de Molinar sobre a necessidade de seus experimentos para o país de Khom. Aos poucos foi convencendo-se de que era preciso reunir forças e superar a falta de Tiar. Ao se separarem já esboçava um pequeno sorriso, e o mago garantiu-lhe que ainda precisaria muito dos seus serviços. Mais animado, ele partiu rumo ao seu tronco no bosque de Tegalfa.

Após muito suspense, Nirkis anunciou sua decisão de viver com Nandere no lago Neorás. Era uma situação inusitada. Um homem vivendo com as nixis parecia inimaginável! Mas, além da paixão, havia a curiosidade da pesquisa. O compilador queria ter a possibilidade de montar uma base para conhecer melhor aquele país e seus costumes. Principalmente a essência daquilo que eles chamavam de magia.

A amizade surgida entre Nirkis e Molinar era tão forte que a muito custo separaram-se, não sem antes combinarem dezenas de promessas de encontros sistemáticos e contatos permanentes.

E lá se foi o compilador — elo entre Emoto e Khom — com sua nixe azul. No caminho, ele se lembrou de perguntar-lhe:

— Mas, afinal, você nunca me disse por que no momento do orgasmo você fica cor-de-rosa?

Nandere, maliciosamente, fez o comentário mais jocoso de sua vida.

— Porque o amor é rosa, meu querido.

Após mais alguns dias de cavalgada, Molinar e Rast chegaram a Pen-Khom. A aldeia ainda estava arrasada, devido ao ataque das forças do Mal. O templo já não existia mais, e aqueles iodrás que haviam ficado presos na barreira drokar estavam mortos e enterrados. Outros iodrás receberam o mago e seu ajudante ladrão. Sim, porque Rast nunca mais abandonaria seu mestre Molinar, permanecendo como seu auxiliar até o fim de seus dias.

Instalaram-se na cabana de Ti, onde Molinar havia sido consagrado. Ele e Rast criaram um sistema de trabalho com os habitantes remanescentes para reerguer a aldeia. E a reconstrução começou imediatamente.

Em uma tarde, quando estava em sua cabana planejando o novo templo, Molinar recebeu a visita de um iodrá que trazia um rapaz jovem, verde como ele, e também de orelhas pontudas. O iodrá informou que o rapaz havia sido escolhido pelas aptidões naturais que tinha para estudar magia. E Molinar deveria ensiná-lo.

— Ensinar-lhe?, Mas então...

— Sim — confirmou o iodrá —, o conselho decidiu: você já pode ensinar, sua formação está completa.

Com tranquilidade e compreensão, Molinar olhou para o novo discípulo. E o iodrá finalizou:

— Ah, sim, mais um detalhe: o nome do seu cavalo, presente de Oot, é Iodrim.

— Mas é claro! — constatou o mago, sorrindo. — "Alma de iodrá"!

O ciclo estava completo.

Agora havia equilíbrio em Khom.

E Molinar era um mago adulto.

Feliz, rememorou sua vida. Pensou nos amigos conquistados. Pensou nas batalhas vencidas. Pensou em tudo o que aprendera até ali. Pensou no futuro, e idealizou os dias tranquilos de trabalho e ensino que estavam por vir.

Não imaginava como estava errado.

Molinar, embora já um mago adulto, não percebera um detalhe evidente:

O MAL NUNCA DORME!

—— FIM ——

Registrada no Escritório de Direitos Autorais da Fundação Biblioteca Nacional sob o n. 89.429